Couvertures supérieure et inférieure
manquantes

LA
FAUTE D'YVONNE

PARIS. — TYPOGRAPHIE MORRIS PÈRE ET FILS

64, RUE AMELOT, 64

LA
FAUTE D'YVONNE

ACHILLE MÉLANDRI

EN VENTE

AUX BUREAUX DU *JOURNAL DU DIMANCHE*

64, RUE AMELOT, 64

PARIS

LA FAUTE D'YVONNE

Par ACHILLE MÉLANDRI

I

Le Château de Campalley

Les voyageurs pour la ligne du Havre, en voiture !

Un coup de sifflet strident et le train express se mit à rouler furieusement dans la direction des côtes normandes.

Adossé dans l'angle d'un compartiment de première classe, un homme d'une trentaine d'années, vêtu d'un élégant costume de touriste, parcourait distraitement les journaux qu'il jetait ensuite sur la banquette.

Il est probable que les événements politiques de l'an de grâce 1880 n'intéressaient que médiocrement ce voyageur, car il bâillait comme une boutonnière française devant un ruban rouge.

A une époque où, le progrès aidant, il est devenu presque ridicule d'être beau, nous ne nous demandons qu'en tremblant si nous devons oser une description de notre principal personnage. Bah ! risquons-nous.

André Delamyre (autant vaut le nommer tout de suite, n'est-ce pas ?) était beau de cette beauté pure et aristocratique que l'on ne retrouve guère aujourd'hui que chez les Siciliens, ces fils non dégénérés de la grande Grèce.

Son teint avait la pâleur chaude tant affectionnée par les peintres de l'ancienne école romantique. Son nez était droit, d'une ligne très noble. Sa bouche petite, bien ourlée, faisait une tache d'un rouge vif au milieu de sa fine barbe noire.

L'illustre professeur Desbarolles aurait découvert dans son front ombragé de cheveux sombres cette *fuite vers l'Infini* qui dénote les natures éprises d'idéal.

Le grand Maître ès art de divination aurait trouvé, sans doute, des marques de puissance, de domination même, dans le pli volontaire qui se creusait parfois entre le double arc des sourcils, dans l'expression tour à tour impérieuse, caressante ou moqueuse de ses yeux bruns cerclés d'ombre.

Bref, l'apparence de ce voyageur, fort éloignée de toute banalité, était celle d'un homme doublé d'un fantaisiste.

Pour que la présentation soit complète, nous devons ajouter ici quelques lignes de biographie.

André Delamyre, architecte par métier, peintre par goût, et souvent poète par amour, était l'élève favori de Viollet-le-Duc.

Orphelin de bonne heure, ayant hérité d'une fortune qui lui assurait l'indépendance, il s'était épris, à vingt ans, avec la violence qui était le fond même de sa nature impétueuse, de mademoiselle de B...., plus âgée que lui de quelques années.

Sa passion avait été partagée par celle qui l'avait inspirée. Ce mariage, rencontrant une vive opposition chez madame de B..., à cause de la disproportion qui existait dans l'âge des deux jeunes fous, s'était néanmoins accompli, au milieu d'épisodes romanesques dont on avait beaucoup jasé tout bas.

Ces grands feux tôt allumés sont vite éteints. Cinq ans plus tard, les deux époux, évitant le scandale d'un procès, se séparaient à l'amiable, pour cette cause que le code désigne vaguement par le nom d'incompatibilité d'humeur. Madame Delamyre était retournée dans sa famille, en Touraine, et son mari s'était plongé jusqu'au cou dans les travaux d'art qu'il affectionnait par-dessus tout, menant à Paris la vie élégante d'un homme fort recherché pour son esprit et pour l'éclat qu'il avait déjà su donner à son nom.

L'avant-veille du jour où nous voyons le jeune architecte, roulant sur la ligne de Paris au Havre, il avait, en dépouillant son courrier, trouvé une lettre cachetée d'une couronne comtale et datée du château de Campalley, par la Croix-de-Thorp (Seine-Inférieure). Il y était question d'une chapelle en ruine, dernier vestige d'un cloître érigé jadis par Guillaume Longue-Épée, et dont on venait d'entreprendre la réparation.

Depuis la mort du regretté Viollet-le-Duc, ajoutait la missive, M. Delamyre seul était qualifié pour mener à bonne fin un travail aussi intéressant. On le priait de prêter l'appui de ses lumières pour la reconstruction intégrale de ces vieux murs auxquels s'attachait un souvenir de famille, etc.

Ces lignes étaient signées : Roger de Courte-Heuse.

Piqué de la tarentule artistique, et tout enflammé à l'idée de découvrir des pleins cintres inédits, André s'était informé auprès de la spirituelle marquise Stradella, chez laquelle il avait ses grandes et petites entrées, et qui était alliée aux Courte-Heuse.

En l'écoutant parler, elle avait été prise d'un accès de ce rire perlé qui désarçonnait les gens au premier choc.

— Vous ! Dans ce nid de hiboux? Vous n'y resterez pas vingt-quatre heures !...

— Mais songez donc, marquise, une crypte romane !

— Ta ta ta. Je vous dis que ce sont des ultramontains militants plus gothiques que leur château. Il y a un cardinal dans la famille. Ce sera tout à fait réjouissant. Il vous faudra donner de l'eau bénite à la vieille comtesse et user vos genoux sur les dalles pour lui plaire.

— Vous savez bien à quels petits pieds je les use, mes genoux! dit André en baisant galamment les doigts de la marquise.

— Et puis... reprit celle-ci, qui lorgnait malicieusement les boucles brunes du jeune homme, il y a de bien jolies femmes, en Caux...

— Oh! oh! voilà le post-scriptum de vos objections, fit André souriant. Prenez garde, vous allez faire de moi un fat !

— Il y a longtemps que la nature s'est chargée de ce soin. Quant à moi, si j'étais homme — fût-ce même architecte — je donnerais toutes les ogives imaginables pour une tasse de thé, prise en compagnie d'une femme du monde... pas trop gothique.

— Mon amour pour les ogives ne nuit nullement à mes autres affections. Les vieilles pierres ont cet avantage, de nous rester fidèles. Nous les retrouvons toujours telles que nous les avons laissées. Elles ignorent les vapeurs, les nerfs et les caprices...

— Ah! vous en demandez trop! interrompit madame de Stradella, avec un joli mouvement d'épaules plein de bouderie. Allez donc, monsieur le chevalier du compas. Nous ferons en sorte de ne pas trop pâtir en votre absence.

— Ma foi, je me risque! Une crypte romane, ça ne se découvre pas tous les jours...

— Et revenez-nous bien vite! lui cria la marquise pendant qu'il s'éloignait.

Car dans cette joyeuse nature de Parisienne, il n'y avait pas de place pour la rancune.

André était parti.

A la station de Motteville, pendant que ses compagnons de route s'entassaient dans la dernière diligence, réfugiée au fond de ce coin de la Normandie, André vit venir à lui un homme de haute taille, au nez aquilin, dont la tête blanche et chenue était coiffée d'un petit chapeau de chasse.

Ce personnage, auquel les naturels de l'endroit donnaient des marques de profond respect, représentait le type accompli des *gentlemen farmers* dont l'espèce, après avoir pris naissance dans nos provinces de l'Ouest, a traversé la Manche.

La brusquerie de son allure trahissait un ancien officier. Ses yeux petits, d'une extrême douceur, semblaient chercher quelqu'un dans le défilé des voyageurs.

A certain grand air dont ses moindres mouvements étaient empreints, l'architecte, se rappelant les plaisanteries de la marquise Stradella, le reconnut pour M. de Courte-Heuse. Il se tournait vers lui quand le vieux gentilhomme prononça son nom.

Ces messieurs échangèrent un salut, qui, grâce à la cordialité française, fut immédiatement suivi d'une poignée de main.

Le comte, avec une urbanité parfaite, se répandait en remerciements.

— Combien c'était aimable à M. Delamyre d'avoir accepté aussi simplement son hospitalité! On s'efforcerait, d'ailleurs, de lui rendre le séjour de Campalley aussi supportable que possible. La mer n'était qu'à quelques lieues. Il pourrait chasser aux mouettes sur les falaises, et se baigner tous les jours... C'était l'affaire d'un temps de galop.

Tout en causant, le comte de Courte-Heuse installait son hôte dans une spacieuse calèche attelée de deux vigoureux chevaux, dont les sabots sonores, au milieu d'un nuage de poussière, emportèrent bientôt les nouveaux amis sur la grand' route la mieux entretenue de France.

Une heure plus tard, laissant de côté le chemin dont le ruban jaunâtre se déroulait à perte de vue à travers les plaines de Caux, la voiture s'engagea au milieu de la principale des cinq avenues qui menaient au château.

C'était une large et longue allée de hêtres plusieurs fois centenaires, entre les énormes troncs desquels le soleil, à son déclin, passait, coupant d'ombre et de lumière rouge le velours des mousses.

Sous l'immense dôme de verdure que formaient les arbres, dont les ramures se joignaient et s'entremêlaient à la hauteur d'une nef de cathédrale,

André commença d'esquisser les grandes lignes de ces ruines.

des bandes de corneilles déployaient leur large vol, rompant de leur cri guttural le silence quasi religieux de ces voûtes.

La grande grille de fer, flanquée de deux tourelles, tourna sur ses gonds, et la voiture roula, dans une vaste cour pavée, jusqu'au perron, où l'on s'arrêta.

M. de Courte-Heuse, qui portait fort allègrement ses cinquante-cinq ans, sauta de voiture aussi vite qu'André, et l'introduisit dans un salon spacieux comme une sacristie, où, près de la fenêtre, une dame sur le retour, vêtue de noir, taquinait un bout de tapisserie.

En voyant entrer les nouveaux venus, elle se leva et fit quelques pas à leur rencontre.

— Toujours industrieuse, chère amie, sans pitié pour vos pauvres yeux... dit le comte en baisant galamment la main de sa femme. Puis, présentant son compagnon :

— Voici M. Delamyre, qui a bien voulu répondre avec tant d'empressement et d'amabilité à notre demande.

Il ajouta, s'adressant à l'architecte :

— Permettez-moi de vous présenter madame de Courte-Heuse.

La comtesse, tout en s'inclinant, enveloppa le jeune homme d'un de ces pénétrants regards de femme du monde qui jaugent, pèsent et classent un inconnu dans l'espace d'un éclair.

Elle fut sans doute satisfaite de cet examen, car son sourire poli s'accentua, tandis qu'elle répondait au salut du visiteur :

— Que de reconnaissance nous vous devons, monsieur, d'avoir quitté d'aussi bonne grâce le théâtre de vos succès, pour venir vous enterrer avec des paysans comme nous !

— Bah ! dit le comte, il verra la chapelle, et je crois qu'il ne regrettera pas son excursion. Finissons-en d'abord avec la cérémonie des présentations M. Delamyre est notre hôte pour quelques semaines, j'espère, commençons par le mettre à l'aise. Voici M. l'abbé Mathieu, ajouta le jovial châtelain, désignant un ecclésiastique rondelet, d'une soixantaine d'années. Puis, comme une longue figure anguleuse et froide venait d'entrer silencieusement, il la nomma : « Miss Ellen Arrow... la gouvernante de mes enfants », murmura-t-il à voix basse.

Miss Ellen fit un salut automatique et passa de l'air d'une femme absolument détachée des hommes et des choses.

Le comte voulut conduire lui-même le nouvel arrivant à l'appartement où son bagage avait été déposé.

André avait à peine eu le temps de procéder à quelques soins de toilette, quand un domestique vint le prévenir qu'on allait servir.

Dans la salle à manger, haute de plafond et de lambris, entourée d'une boiserie de chêne et tendue de tapisseries de Flandre représentant des scènes de vénerie, l'aspect solennel de la table longue, parée à la russe, était corrigé et égayé par une profusion de cristaux et de fleurs.

Deux domestiques fort graves, dont les cheveux n'avaient pas dû recourir à la poudre pour briller d'une blancheur de neige, deux de ces anciens valets, dont l'espèce, comme celle des castors, devient de plus en plus rare, faisaient le service.

Quelques nouveaux visages attendaient le jeune architecte. Un collégien portant l'uniforme de Louis-le-Grand était assis près de son jeune frère, qui, lui-même, semblait placé sous la surveillance directe de miss Ellen.

En face de la « governess », boutonné dans une longue redingote noire, cravaté de blanc, se trouvait un homme qui paraissait avoir dépassé la cinquantaine, et dont la physionomie à la fois joviale et sagace éveilla la sympathie du Parisien.

La pensée trônait à l'aise sous son large front à demi recouvert d'une broussaille de cheveux grisonnants. Ses yeux d'un bleu clair rayonnaient de franchise et de cordialité. Le nez un peu busqué, la bouche large et le menton puissant complétaient cette énergique face de savant, qui semblait s'être échappée d'une toile de Greuze.

— Notre vieil ami le docteur Mauclerc, dit le comte imperturbable dans ses fonctions d'introducteur.

— Qui prend le plus vif intérêt à vos travaux, monsieur Delamyre, ajouta le docteur en souriant.

Le jeune homme s'inclina pour remercier. Sans qu'il voulût le laisser paraître, son attention était particulièrement attirée par la vue d'une jeune fille dont la tête semblait jouer à cache-cache derrière une pyramide de fruits.

Parmi tous les faces qui l'entouraient, les uns très enfantins, représentaient la saison des perce-neige, et les autres, selon leur degré de maturité, rappelaient à l'esprit l'époque des feuilles jaunes ou du bois mort.

Mais le joli visage d'un ovale allongé, que l'œil artiste d'André détaillait sournoisement, proclamait le triomphe d'avril en fleurs, la neige odorante des pommiers, l'irrésistible poussée de la sève et la fanfare des bourdons au clair soleil.

Autant qu'il en pouvait juger quand elle se penchait pour répondre aux taquineries du docteur Mauclerc, mademoiselle Yvonne de Courte-Heuse entrait dans ses vingt ans. Elle avait le teint de lait des Normandes, semé de quelques petits signes noirs naturels qui semblaient ajoutés à ses traits par la main savante d'une camériste. Son visage, d'une grande finesse, était comme éclairé d'un sourire irrésistiblement piquant qui découvrait ses dents saines et un peu du corail de ses gencives humides d'une rosée pure.

Elle portait un corsage en crêpe de Chine, flottant comme une blouse et serré à la ceinture, sous les plis duquel une poitrine de vierge se dressait indomptée par l'étoffe.

Ayant noté ces quelques points avec un sentiment mitigé où s'alliaient la curiosité de l'amateur pour un objet d'art et l'indifférence d'un homme blasé envers les femmes, André Delamyre reporta son attention sur le vieux docteur.

Ce dernier venait d'entamer une discussion politique avec l'abbé, auquel il racontait, pour la centième fois peut-être, la part active qu'il avait prise aux batailles de juin. — Comment, gamin de douze ans, il avait aidé des ouvriers à élever dans la rue du Temple une belle barricade du haut de laquelle il déchargeait son grand pistolet d'arçon sur les lignards. Il narrait ces scènes sinistres, les boutiques fermées, le silence morne des rues interrompu par la fusillade. Il décrivait à l'excellent homme de robe, dont les cheveux se hérissaient d'horreur, ses effrayants compagnons de combat qui s'étaient noirci le visage afin de n'être pas reconnus. Les soldats s'avançant en file indienne rasant la muraille. Les ordres donnés à voix basse et les coups de feu éclatant derrière les pavés. Tous ces souvenirs vivaces de son enfance animaient singulièrement les traits expressifs du docteur. Il disait l'ivresse qu'il éprouvait alors de « jouer à la bataille »; comment, lorsque l'assaut fut donné et la barricade prise, il reçut un coup de pommeau de sabre sur la tête et perdit le sentiment; de quelle façon il avait repris connaissance dans une pauvre mansarde où une vieille femme lavait à genoux sa blessure, ses mains noires de poudre, et, croyant toujours entendre le pas des gardes mobiles, répétait avec effarement : « Ah! malheureux! malheureux! »

L'abbé avalait son café de travers et blâmait à haute voix ces excès démagogiques. Mais il ne pouvait s'empêcher *in petto* d'en admirer la crânerie. Il répétait, en regardant son vieil adversaire avec un étonnement toujours nouveau : « Il y avait de rudes hommes tout de même, dans cette génération de 48... de rudes hommes! »

Au fond, le vieux savant, ses théories matérialistes mises à part, était adoré au château. Il avait sauvé la comtesse d'une crise au cours de laquelle elle avait été abandonnée par le fameux docteur Flaubert, de Rouen, et la dévote dame s'était juré, à force de douceur et de patience, de ramener au Seigneur ce vieux bélier égaré qui donnait des deux cornes à travers ses convictions les plus chères.

André s'amusa quelques instants de ces papotages en famille. Mademoiselle Yvonne fut grondée de porter ses cheveux sur le front. Elle répondit que c'était la mode à Paris, que toutes ses amies avaient adopté cette coiffure. Selon l'abbé, cela manquait de modestie. On discuta longtemps sur cette grave question. L'architecte, qui s'efforçait de réprimer un bâillement, prit congé et se retira, prétextant la fatigue du voyage. Il était à peine étendu sur son lit, quand il entendit, dans la pièce située au-dessous de sa chambre, le murmure d'une voix monotone à laquelle répondaient plusieurs autres voix récitant des versets.

En prêtant l'oreille, il reconnut l'organe du comte, qui, suivant un vieil usage, disait la prière du soir dans l'office, entouré de tous ses gens.

Ainsi bercé par les *répons* comme le nautonier par la chanson des vagues, André s'endormit d'un calme sommeil, sous le toit moussu du castel de Campalley.

Le lendemain matin, un domestique lui apporta du chocolat dans sa chambre, et le trouvant endormi, se retira sur la pointe des pieds.

Si léger qu'eût été le bruit des pas de ce discret serviteur, il suffit pour tirer André de son bon sommeil.

Voyant la lumière rosée du soleil ruisseler à travers les rideaux de perse, il fut debout en un clin d'œil et descendit prendre l'air.

Dans les vergers, où, selon l'expression d'un contemporain « le vert chantait partout la gloire du rouge », les pommiers trapus croulaient sous les fruits. Une brise attiédie balançait comme des vagues les hautes herbes étoilées de marguerites et de boutons d'or.

André se sentait heureux de vivre. Il s'en allait au hasard, quand tout à coup le fil de sa rêverie fut brusquement rompu par un franc éclat de rire, en même temps qu'une balle d'enfant rebondissait à ses pieds.

Au milieu du frais fouillis formé par la ramure des haies et les plantes folles, une robe rose et une robe lilas s'avançaient à quelque distance, et le plus jeune des Courte-Heuse, robuste enfant de dix ans, ramassait sa balle d'un air un peu embarrassé par la présence inattendue de l'architecte.

— Déjà levées, mesdemoiselles? dit André, allant à la rencontre d'Yvonne et de miss Ellen. Je rougis de ma paresse.

— Oh! il y a longtemps... On est matineux, ici, répondit gaiement la jeune fille. Je gage que vous mourez d'impatience de voir la chapelle?

— En effet. On a si bien excité ma curiosité que, si ce n'était pas trop loin, je vous prierais de m'indiquer...

— Nous pouvons vous y conduire. On l'aperçoit d'ici.

Elle prit le bras que lui offrait André, et les trois promeneurs précédés de l'enfant qui folâtrait en avant-coureur, se dirigèrent vers un enclos où des vestiges de murs couverts de broussailles semblaient ramper à fleur de terre.

Au fond se dressait une construction de pierres grises à demi enfouie par l'éboulement partiel de la colline à laquelle elle était autrefois adossée.

Les colonnes du portail s'enfonçaient dans le sol, et les marches en avaient complètement disparu. Les pierres sculptées du soubassement représentaient ces figures hérissées et moustachues dont les maîtres maçons normands ornèrent leurs églises, longtemps encore après la conquête d'Angleterre, en dérision des soldats vaincus d'Harald le Saxon.

Absolument subjugué par l'intérêt qu'excitait en lui l'aspect de ces ruines, André s'assit sur un tertre, et tirant de sa poche une feuille de papier Gillot, il commença d'en esquisser les grandes lignes.

Le crayon du jeune homme voltigeait sur le carton avec une maestria séduisante. Il dessinait, traçant des ombres d'un coup de pouce, enlevant les lumières en blanc avec son canif. En quelques minutes, Yvonne, qui l'observait, vit un remarquable dessin de ce pittoresque recoin, auquel la personnalité de l'artiste, se trahissant dans l'exécution même, avait ajouté je ne sais quelle grandeur qui ne pouvait frapper les visiteurs vulgaires.

— Bravo! dit-elle, applaudissant des deux mains. Il faudra me montrer cette façon de croquer. Je la trouve ravissante.

— Vous dessinez aussi, mademoiselle?

— Oh! pas comme cela! J'ai fait installer un petit atelier sous les toits, on l'a rangé aujourd'hui pour le mettre à votre disposition afin que vous puissiez y dresser vos plans. Je vous en donnerai la clef dès ce matin. Vous verrez mes dessins... Mais il ne faudra pas trop vous moquer de moi.

— Tout cela est très joli! cria la voix joviale du docteur, qui s'essoufflait à les rejoindre. Mais ce matin, la véritable affaire est de déjeuner, comme l'a dit Musset quelque part. Et je viens vous prévenir qu'on va le faire sans vous si vous tardez davantage.

La caravane joyeuse se remit en marche, toute glace rompue, et faisant assaut de bonne humeur.

André Delamyre commençait à croire que les plaisanteries de la marquise Stradella pouvaient bien avoir été dictées par une pointe de dépit. C'était, en effet, un véritable coin du paradis, ce manoir de Bon-Accueil.

En y retournant, on traversa dans toute sa longueur la basse-cour, au milieu de laquelle se dressait un pigeonnier seigneurial haut comme un donjon. Çà et là, des paons s'y promenaient gravement, étalant avec complaisance leur robe couleur de soleil.

Les paysans cauchois, aux yeux bleus, regardaient passer cette élégante envolée de jeunes gens en levant leur bonnet.

Le déjeuner fut très gai. Le comte et le docteur, émoustillés par la sympathique présence du Parisien, étincelaient de convivialité.

En prenant le café au salon, on causa chevaux, concours hippique, bals. La « governess » voulut savoir ce que c'était que la valse chantée qui faisait fureur. Il s'en trouvait plusieurs sur le grand piano à queue. On en prit une au hasard, dont André savait les paroles. Il offrit de la chanter. Mademoiselle de Courte-Heuse possédait un admirable contralto. Leurs voix pures s'unirent et rythmèrent la banale rapsodie, dont les paroles, sur leurs jeunes lèvres, semblaient acquérir un sens plus intense : *Viens chanter le printemps… nous cueillerons les lilas et les roses.*

Miss Ellen, fière à juste titre de son talent de pianiste, tirait un véritable feu d'artifice de trilles et d'arpèges. Entraînés je ne sais comment, par la gaieté communicative du moment, Yvonne et André se trouvèrent valsant sous les regards souriants de la comtesse et du comte.

Le docteur, qui frappait dans ses mains pour marquer la mesure, voulait absolument faire tourner l'abbé, sous prétexte que, ayant toujours porté la robe, il devait faire une excellente danseuse. Mais ce dernier se fâcha tout rouge, et le bruit de cette comique altercation rompit le charme auquel s'abandonnaient inconsciemment, peut-être, la jeune fille et son cavalier.

II

Comme à Fontenoy

Etant admise la fragilité des jugements humains, nous ne faisons aucune difficulté d'avouer qu'André Delamyre revenait singulièrement sur la première impression produite dans son esprit par la vue de mademoiselle de Courte-Heuse, le soir de son arrivée.

Il n'avait pas dû la regarder à deux fois pour s'apercevoir qu'elle était jolie.

Mais son bavardage insignifiant avec le docteur lui avait paru déceler une grande enfant gâtée, une de ces insupportables petites étoiles de province, dont les rayons éblouissent les chefs-lieux de canton.

Ce qu'il redoutait par-dessus tout, c'était le voisinage de ces longues fillettes, ayant encore aux joues la saveur sucrée des confitures maternelles, et dans l'esprit, l'étroitesse de vues que donne l'éducation du couvent.

Tout autre était celle que les paysans d'alentour appelaient « notre demoiselle ».

Élevée à l'anglaise comme une jeune cavale en liberté, elle avait parfois dans le regard et dans sa causerie des hardiesses de garçon.

Elle était véritablement la vie et la lumière de cette vieille demeure, où son rire et sa voix chaudement timbrée se répercutaient dans les corridors sans fin.

De la religiosité exaltée de ses parents, elle n'avait hérité qu'un enthousiasme mystique et contenu, dont le beau feu ne demandait qu'à flamber pour un dieu terrestre, pourvu qu'il fût bon, généreux, ou au mal, *intéressant*.

Les philosophes qui m'entendent savent la facilité prodigieuse avec laquelle les jeunes filles bombardent de ces qualités le premier jeune fat dont la moustache retroussée en hameçon accroche leur attention au passage.

En dehors des lectures insipides du couvent, Yvonne savait peu de choses de la vie. Ses relations se bornaient à des visites chez quelques cousins assez ridicules ou chez des hobereaux de province, dont le verbiage l'horripilait.

L'arrivée d'André la bouleversa. Sans qu'elle s'en rendît compte ellemême, ses yeux, ses grands yeux qui ne savaient pas mentir, se mirent à suivre les mouvements du jeune homme avec une expression ingénument ravie.

Elle souriait involontairement à certaines tournures de phrases inattendues, à certains paradoxes dont il pailletait sa conversation. Dans un monde moins gangrené que le nôtre, rien ne serait plus digne de respect, plus sacré, que cette façon naïve de se livrer moralement à celui qu'on aimera. C'est ainsi qu'autrefois la jeune vierge gauloise apportait la coupe de bienvenue à celui que son cœur avait choisi.

La folle vigne n'y met pas plus de façons quand elle s'appuie au chêne. Les jeunes pousses, légères comme des caresses, s'enroulent timidement autour de ses rameaux. Puis, les larges feuilles lui font une ceinture verte, et bientôt le cep étreint de ses mille branches l'arbre robuste auquel il semble fiancé pour la vie.

Bien qu'il n'eût point une trop haute opinion de son mérite, André Delamyre ne pouvait se dissimuler entièrement l'impression qu'il avait produite sur cette organisation vierge et nerveuse. Il en éprouvait un sentiment mêlé de joie douloureuse et de terreur.

Les naïves démonstrations d'une pensionnaire insignifiante l'eussent fait sourire, mais cette admirable créature faite d'élégance naturelle et de splendeur inconsciente, qui portait sur son front quasi adolescent l'une des plus vieilles couronnes de la noblesse française, s'installait impérieusement dans sa pensée.

Bientôt, sans que leurs lèvres eussent fait la moindre allusion à l'état de leur esprit, ils atteignirent ce degré de complicité tacite qui précède les explosions en amour.

La promenade favorite de l'architecte était une pelouse qui bordait les fossés du château. Ces fossés, revêtus d'une maçonnerie où la pierre de taille, le silex et la brique formaient de nobles dessins, reflétaient dans leur eau verte les murs et les pavillons. C'était une inépuisable mine de croquis que le jeune artiste mettait à contribution chaque matin.

Tandis qu'il crayonnait pignons et vieilles girouettes, éprouvant une joie de dilettante à recopier les grandes lignes et les hautaines silhouettes que le château découpait sur le ciel clair, la voix de mademoiselle Yvonne de Courte-House lui parvenait, assourdie par la distance, et ce son devait avoir une attirance bien singulière, car chaque fois André fermait son album, interrompait son dessin et se prenait à rêvasser, et s'efforçant de saisir au vol le sens des paroles que l'éloignement rendait indistinctes.

Puis, peu à peu, il quittait son pliant et, sans se rendre un compte bien exact du mobile auquel il obéissait, il dirigeait invariablement sa flânerie vers un rideau de hêtres masquant la statue du chevalier Robert Courte-Heuse, fils du duc Guillaume de Normandie et ancêtre de la famille.

Cette statue était entourée d'un banc circulaire sur lequel il trouvait assise la fille du châtelain, flanquée de son inévitable gouvernante, miss Ellen Arrow, dont le nez, généralement fort rouge, devenait à son aspect de la couleur d'une prune mûre.

Miss Ellen était une de ces blondes donzelles que la prolifique Angleterre lâche chaque année sur l'Europe, avec une bible dans leur poche, un culte pour Haydn, un accent déplorable et la furieuse envie d'épouser n'importe qui, afin de se constituer le « confortable home » traditionnel et d'y faire souche de petits Anglais.

Miss Ellen, ou simplement « Miss », comme on l'appelait à Campalley,

(Liv. 3)

tenait les modes françaises en profond mépris. Sa grande crainte était d'avoir
l'air d'une « cocotte », mot qu'elle prononçait sans s'en douter de la façon la
plus comique du monde. Pour éviter cette honte, elle avait inventé certain
chapeau en forme d'éteignoir, comme en portent seulement les brigands de la
Calabre. Sous ce couvre-chef de paille noire, le pince-nez de la romanesque
gouvernante jetait de pâles éclairs. Le reste était un composé de chairs
fraîches, de dents longues, de tulle fripé et de mitaines — car miss Ellen
portait des mitaines.

Elle tenait à la main un roman de Thackeray ou de Dickens que mademoiselle Yvonne s'efforçait de traduire avec des hésitations adorables. C'était
cette lecture matinale, faite à haute voix, dont le bruit venait taquiner l'architecte et l'attirait invinciblement vers le vieux banc moussu.

Après l'échange obligé de saluts et quelques phrases banalement polies, il
prenait, en badinant, le livre des mains de la « governess », et, le plaçant sur
ses genoux, il s'amusait à le traduire avec sa gracieuse élève.

Je n'oserais jurer qu'il ne mettait pas un peu trop de feu dans son
expression, quand il avait à prononcer les phrases d'amour qui se trouvaient
dans le texte : *I adore you, my darling... my love, my own!* mots exquis
qu'il se prenait ensuite à répéter quand il se trouvait seul.

La vue de miss Ellen lui était particulièrement désagréable pendant ces
lectures en commun.

Follement, sans se demander où le mènerait sa préférence pour son élève,
il souhaitait l'Anglaise à tous les diables.

André avait même composé à son intention une litanie féroce qu'il récitait
in petto chaque fois que cette dernière interrompait la voix harmonieuse
d'Yvonne pour donner un tour plus correct ou plus pédantesque à la traduction
de la jeune fille.

Pourtant, il finit par réfléchir et conclut qu'il serait plus sage de l'amadouer,
craignant qu'elle ne le prît en grippe et ne choisît un autre endroit pour
donner ses leçons.

Il se mit, en conséquence, à lui adresser des sourires au miel, capables de
désarmer un garde municipal.

Ce manège plein d'astuce parut réussir, car, à dater de ce moment, miss
Ellen se mit chaque jour à sonder les profondeurs de l'avenue à travers son
pince-nez, et laissa percer une émotion évidente à l'approche du jeune artiste.

Un matin qu'il accourait avec tout un essaim de chansons dans la tête, il
vit, à son grand désappointement, que miss Ellen était venue seule.

Elle avait mis une touffe de coquelicots sur son chapeau de brigand.

Si Delamyre avait su combien sont dangereuses les Anglaises à marier, ce raffinement de coquetterie lui aurait donné à réfléchir; mais il pensait à tout autre chose et demanda vivement à la jeune insulaire :

— Est-ce que mademoiselle de Courte-House est indisposée ?

— Non, répondit la gouvernante. J'ai prié mademoiselle Yvonne de m'excuser ce matin. J'ai la migraine.

Elle ajouta, manifestant un trouble, dont l'étalage ne réussit pas à percer les écailles que l'infortuné jeune homme avait sur les yeux :

— Je vais faire un petit tour dans le parc, et pour mettre à l'épreuve la galanterie française, j'ai grande envie de vous choisir pour cavalier pendant cette promenade.

Elle souligna cette attaque d'un regard si éloquemment explicatif que l'architecte frémit sur sa base. Cependant, il fit bonne contenance.

— Prenez mon bras et disposez de moi, miss Arrow. Je suis tout à vous, répondit-il.

Elle accepta son bras, sur lequel elle s'appuya un peu plus qu'il ne convenait peut-être.

André Delamyre marchait silencieusement, bien résolu à essuyer le premier le feu de l'ennemi, comme les Français à Fontenoy.

— Vous aimez beaucoup la littérature anglaise? fit tout à coup miss Ellen en minaudant.

— Sans doute, mademoiselle, riposta le jeune homme, trop heureux de s'embastionner dans une causerie littéraire. Sans doute. Thackeray me rappelle Balzac, Carlyle se rapproche de Victor Hugo par l'énergie et la couleur. Notre Daudet s'inspire de la manière de Dickens, et quant à Swinburne...

— C'est absolument ce que je pense! exclama la gouvernante avec feu. Et n'est-il pas vrai, *cher* monsieur Delamyre, qu'une similitude de goûts inspire toujours une grande sympathie? Oh! vous m'êtes véritablement *si* sympathique !...

C'était une attaque de front. Le jeune homme la reçut sans fléchir.

— Je suis très flatté de me rencontrer avec une personne d'un esprit aussi cultivé... déclara-t-il du bout des lèvres.

— Vous êtes très flatté! Quel mot aimable! Il n'y a que les Français pour savoir tourner un compliment. Vous me remplissez de confusion, cher monsieur Delamyre... Moi aussi, je suis... très flattée... de vos attentions...

— Il paraît qu'elle se contente de peu, pensa l'architecte en s'inclinant par politesse.

— Les hommes de votre valeur sont timides dans leurs paroles, continua l'intrépide « governess ». Mais ils savent se faire comprendre tout de même. J'ai bien deviné le motif de vos visites quotidiennes à l'heure où je suis seule avec mademoiselle Yvonne.

André se troubla légèrement.

Le moment lui semblait venu de prendre l'offensive, s'il ne voulait pas se laisser déborder par l'ennemi.

— Il n'y en a pas d'autre, répondit-il assez froidement, que le plaisir naturel que j'éprouve à suivre les progrès de votre gracieuse élève.

Miss Ellen fit une moue qu'elle croyait jolie, et reprit avec un léger haussement d'épaules :

— Que craignez-vous, qu'attendez-vous pour vous décider à parler? Nous sommes seuls. Personne ne peut nous entendre... Croyez-vous que je sois aveugle? N'ai-je pas remarqué la façon dont vous me regardiez, quand vous avez lu les paroles d'amour que David Copperfield adresse à sa petite Dora? J'ai tout compris, vous dis-je, et c'est pour cela que je vous ai ménagé cette entrevue... Car de mon côté, je suis loin d'être restée insensible à tant de preuves d'une discrète affection.

Il n'y avait plus à hésiter. Il fallait faire donner la garde.

Poussé dans ses derniers retranchements, André se composa un rigide maintien de clergyman, et répondit du ton le plus glacé :

— Je vous jure, miss Arrow, que je n'ai rien à ajouter. Je ne comprends pas vos paroles.

Il espérait avoir mis l'ennemi en déroute par cette décharge à bout portant, mais la retraite anglaise s'effectua en bon ordre.

Miss Ellen resta muette sous le coup pendant quelques instants. Puis, quittant brusquement le bras de son cavalier :

— J'ignore quelles raisons vous pouvez avoir pour me traiter avec cette dureté, lui dit-elle. Je suppose que vous voulez me mettre à l'épreuve. Sachez que lorsqu'une jeune fille de mon pays s'est « engagée » avec un gentleman, rien ne peut la faire changer. Adieu, je vous quitte. Quand vous m'aurez mieux jugée, votre indécision disparaîtra, et vous parlerez. J'attendrai. Puis, faisant volte-face, elle s'éloigna d'un pas de grenadier, sans tourner la tête.

A quelques jours de là, dans le but de montrer à leur nouvel ami le point de vue le plus pittoresque de l'immense parc de Campalley, les châtelains et leurs hôtes organisèrent une longue promenade suivie d'un goûter sur l'herbe.

Après une heure de marche sur cet admirable turf où les faînes craquaient

Miss Ellen s'éloigna d'un pas de grenadier, sans tourner la tête.

dans la mousse sous le sabot des chevaux, on mit pied à terre devant un site fait pour enthousiasmer Cheret ou Ciceri. Jamais décor plus admirable ne fut imaginé par la fantaisie de ces grands artistes.

Du haut d'une colline éventrée — probablement quelque ancienne carrière —

dont les entrailles crayeuses avaient roulé jusqu'au fond du val, le Dun préci-
pitait ses flots en tumulte, et formait une cascade de cinquante pieds.

Après avoir rejailli sur des blocs énormes qu'elles couvraient d'écume, ses
eaux, tout à coup rassérénées, s'éloignaient en bruissant doucement, et se
divisaient en plusieurs ruisselets dont les méandres alimentaient les fossés du
château. Des arbres abattus par la foudre ou les bourrasques étaient tombés en
travers du cours d'eau, offrant un pont rustique aux pâtres de la plaine. Le
rocher qui surplombait cette cascade laissait pendre comme une chevelure
inculte des ronces entremêlées de liserons et d'autres fleurs sauvages.

Les promeneurs s'étaient disséminés sur le gazon au hasard de leur fantaisie.
André serré de près par miss Ellen, qui lui racontait les romans d'Anne
Radcliffe, s'était réfugié dans la compagnie du docteur, auquel il offrait des
cigares, quand tout à coup une exclamation de M. de Courte-Heuse attira son
attention.

— Ces Anglaises sont d'une témérité ! disait le comte. Elles se risquent là
où des chèvres hésiteraient.

... Miss Ellen, redescendez vite. Vous m'effrayez !

En levant les yeux, André vit la « governess » qui avait attaché sa robe
entre ses jambes avec une forte épingle prise dans sa chevelure, à la façon des
touristes de sa nation.

Ayant donné à ce vêtement la forme d'un ample pantalon, miss Ellen
escaladait bravement la sente abrupte qui conduisait au sommet du rocher, à
un mètre de la chute d'eau.

Elle était parvenue aux deux tiers de sa périlleuse ascension, quand la voix
du comte la força de s'arrêter.

— Ne faites pas cela. Je vous en prie... Je vous le défends !...

— Je veux cueillir de l'asphodèle, répondit l'Anglaise avec un geste mutin.
Et elle fit encore quelques pas. Les cailloux se détachaient sous ses pieds et
roulaient au fond du précipice. Tout à coup, on la vit se renverser en arrière
en jetant un cri d'effroi, et se pencher comme attirée vers le vide béant.

Miss Ellen avait fait son coup avec une habileté consommée. Son chapeau
était tombé à pic dans le gouffre, et ses cheveux, qu'elle avait fort beaux,
dénoués par le vent, l'enveloppaient d'un manteau couleur d'ambre.

Cela eût pu fournir un admirable sujet de gravure pour un keepsake, et
sans doute elle avait préparé cette scène en s'inspirant de son romancier favori.

Une exclamation de terreur s'échappa de toutes les poitrines. En trois bonds,
André l'eût rejointe, et saisissant une forte racine qui émergeait de la fissure
du rocher, il se pencha sur l'imprudente.

— Prenez-moi avec décence, lui dit-elle.

Et, pendant qu'il entourait sa taille d'un bras nerveux, elle plongeait son regard tranquille jusqu'au fond des yeux de l'artiste, qui la souleva comme une plume.

Chargé de son *précieux fardeau*, André se mit à descendre avec des précautions infinies la pente la moins accidentée de la colline. Pendant ce temps, miss Ellen avait appuyé son front sur l'épaule de « son sauveur » et le pressait avec une tendresse à laquelle ce dernier ne semblait pas accorder toute l'attention convenable.

Peut-être était-il trop ému pour s'en rendre compte. Peut-être trouvait-il la situation très ridicule. Enfin, quand le jeune homme l'eût déposée en sûreté sur le gazon, miss Ellen, succombant sous le poids de l'émotion, poussa un soupir et s'évanouit.

— Bah ! dit le docteur d'un ton goguenard, tapotez-lui les mains et baignez-lui les tempes. Cela va passer.

En effet, deux minutes plus tard, la gouvernante rouvrait les yeux en prononçant le : « Où suis-je ? » traditionnel.

Yvonne, très émue, donnait des soins à son amie.

— Il ne sera pas dit, s'écria Mauclerc, que M. Delamyre sera seul ici à jouer les héros de roman. Miss Arrow, votre chapeau est au fond du trou, je vais l'y chercher au péril de mes jours.

Il fit mine de s'éloigner pour accomplir ce vœu chevaleresque, mais, se ravisant, il appela son chien.

— Toby, dit-il à l'intelligente bête, en lui indiquant le frêle tissu de paille qui pendait accroché sur une touffe de ronces, apportez vite !

Une minute plus tard, Toby déposait le fameux chapeau orné de coquelicots entre les mains de son maître, qui, ployant le genou, le présentait à la gouvernante.

— Mademoiselle, dit le malicieux docteur en affectant une gravité comique, je suis majeur, mariable et corvéable à merci. Après la double action d'éclat que vous nous avez inspirée, il vous appartient de décider lequel de mon odieux rival ou de moi portera vos couleurs.

— Docteur, interrompit André, continuant la plaisanterie, vous seul avez ce droit... Je suis marié, ajouta-t-il d'une voix légèrement altérée.

— Marié ! Eh ! que ne le disiez-vous plus tôt ? exclama Mauclerc en éclatant de rire devant la mine déconfite de miss Ellen.

Mais presque en même temps, les yeux clignotants du bonhomme se fixèrent sur le visage d'Yvonne, qu'une pâleur étrange envahissait.

— Ah ! diable ! pensa-t-il tout haut.

Le comte avec son urbanité habituelle, grondait l'architecte de n'avoir pas amené sa femme au château.

— Madame Delamyre n'habite pas avec moi, dit évasivement André. Elle est en visite dans sa famille.

En homme de tact, M. de Courte-Heuse comprit au ton de cette réponse qu'il ne devait pas insister.

D'ailleurs on se préparait à retourner à Campalley. Le chemin se fit dans un grand silence, interrompu seulement par les exclamations de l'abbé Mathieu.

L'excellent homme ne pouvait comprendre l'imprudence de miss Ellen.

— Il fallait être enragée, bien sûr ! Ça équivalait à une tentative de suicide... Et dans quel but, je vous le demande ?... Pour cueillir de l'asphodèle.; une fleur triste ! D'ailleurs, c'était impossible. Les touffes pendaient à pic sur la cataracte. On risquait cent fois de se rompre le cou avant de les atteindre. Mademoiselle Yvonne avait offert de l'argent au petit berger pour qu'il lui allât quérir ces fleurs dont elle raffolait. Il avait refusé. Pourtant il n'avait pas son pareil pour grimper à pieds nus... Il vous dénichait les jeunes corneilles à des hauteurs qui faisaient frémir rien que d'y penser...

Ainsi soliloquant et gesticulant, le gros chapelain avec sa soutane avait l'air de conduire le diable en terre, car ses compagnons, plongés dans leurs réflexions respectives, ne soufflaient mot, non plus que ces caravanes d'ombres que l'on rencontre par les nuits sans lune, dans les chemins creux du pays normand.

III

Un Bouquet d'Asphodèle

La chambre d'Yvonne était située au premier étage, à l'extrémité de l'aile gauche du château.

Cette aile, rebâtie en briques et pierres de taille sous Louis XIII, contrastait avec le reste de l'édifice par un style moins sévère, bien qu'il ne manquât pas de grandeur.

La jeune fille préférait cette chambre parce que, de son immense fenêtre à petits carreaux, le regard s'allait perdre au loin dans la campagne, en passant par-dessus des vergers touffus.

Un large balcon de pierre entourait la fenêtre. Au-dessous, le mur épais baignait son assise dans l'eau du fossé, fort large en cet endroit.

Un petit bac, attaché sur la rive opposée, y mirait sa proue. Ce batelet servait surtout à vérifier le contenu des nasses immergées de place en place dans la rivière, qui foisonnait de carpes et de menus poissons. On le manœuvrait à l'aide d'une longue gaule terminée par un croc de fer.

En franchissant la haie du jardin, il était facile de pénétrer jusqu'au fossé, que l'on pouvait traverser en barque, et d'atteindre ainsi le mur au-dessus duquel se trouvait le balcon d'Yvonne, sans avoir à passer par les cours intérieures du château.

Mais cet endroit, tout hérissé de plantes aquatiques, était généralement abandonné aux grenouilles et aux phalènes, visiteuses nocturnes des hauts ajoncs.

Or, le matin qui suivit le jour où miss Ellen avait tenté d'atteindre les inaccessibles touffes d'asphodèle, Yvonne, en ouvrant sa fenêtre pour souhaiter la bienvenue au soleil levant, trouva le balcon entièrement jonché de ses fleurs favorites.

Un peu de terre jaunâtre adhérant aux tiges indiquait clairement en quel endroit on les était allé cueillir.

Mademoiselle de Courte-Heuse fronça le sourcil. Puis, le premier moment de surprise passé, elle s'accouda sur la balustrade, et tomba dans une rêverie profonde.

Enfin, elle choisit une brindille parmi la jonchée de fleurs, et la piquant à son corsage, elle sortit lentement de sa chambre.

La jeune fille monta l'escalier qui conduisait aux combles.

La clef était sur la porte du petit atelier. Yvonne entra.

Delamyre, penché sur une longue table en bois de hêtre, paraissait absorbé dans son travail. Au bruit que fit la porte en se refermant, il releva la tête, et salua d'un air embarrassé.

— Peut-on savoir, dit mademoiselle de Courte-Heuse d'un ton semi-hautain, semi-railleur, quel beau ténébreux consacre ses loisirs nocturnes à l'ornementation de mon balcon ?

— Il faisait clair de lune, répondit André, comme je ne pouvais dormir, j'ai...

— Vous avez risqué votre vie pour m'apporter une brassée de verdure, interrompit Yvonne, dont la voix trembla légèrement. Savez-vous que vous êtes fou.

André eut un geste d'insouciance.

— Vous n'en avez pas le droit, reprit la jeune fille. Quand elles peuvent coûter un tel prix, on ne doit offrir des fleurs qu'à sa femme. Gardez-les donc pour madame Delamyre.

Et Yvonne de Courte-Heuse jeta sur la table la fleurette de son corsage.

— Il y a cinq ans que celle que vous nommez ainsi n'est plus la compagne de ma vie, dit André d'un ton rauque qui trahissait la plus violente émotion. — D'ailleurs, ajouta-t-il, pourquoi prêter un sens à mes actions ? N'interprétez ce que j'ai fait cette nuit que comme le résultat de mon humeur bizarre... De ce que, sans parents, sans conseils, j'ai fait, à mon début dans la vie, un mariage qui était une folie, s'ensuit-il que je ne doive plus avoir d'amis, et m'est-il défendu de témoigner de l'admiration, de la sympathie, pour ce que je rencontre de plus beau et de meilleur sur mon chemin... Seriez-vous donc plus sévère pour moi que vous ne l'êtes pour vos chiens favoris ?

Une larme glissa le long de sa joue et disparut furtivement dans sa barbe noire. Ce fut la goutte d'eau salée qui fit déborder ces deux vases trop pleins.

— Vous pleurez... vous si bon, si généreux, vous souffrez ? Je vous ai fait mal... oh ! pardon, je ne vous gronderai plus ! s'écria l'impulsive enfant, en prenant dans ses mains les mains du jeune homme, avec une expression suppliante qui était bien ce que l'on pouvait imaginer de plus affolant au monde. C'est cela ! Vous resterez mon bon ami, mon confident, mon conseiller artistique... Quand j'aurai du chagrin, c'est à vous que je le dirai... J'ai tant besoin d'expansion, d'affection, si vous saviez...

L'émotion les étreignait.

— Yvonne, dit André, l'appelant ainsi pour la première fois. Je voudrais que vous me considériez comme votre grand frère, et je serais heureux.

— Oui... comme cela... toujours ! répondit-elle, les yeux clos, la tête renversée.

Pendant qu'il la pressait chastement contre sa poitrine, elle ne sentit pas ses lèvres qui effleuraient les masses rebelles de sa chevelure.

Ils restèrent ainsi quelques instants, perdus dans une muette extase, et tout à coup, se dégageant brusquement, la jeune fille s'enfuit comme une folle.

André réfléchit longtemps, le front entre ses poings.

Quel changement s'était fait en lui dans si peu de jours ! « Je serai votre frère !... » Si l'élégant Delamyre, qui, deux semaines auparavant, foulait l'asphalte du boulevard, avait entendu prononcer par tout autre que lui-même cette phrase adorable de niaiserie sur les lèvres d'un amoureux, son éclat de rire aurait fait s'enfuir à tire-d'aile les ramiers qui s'entre-becquetaient sur les toits ardoisés de Campalley.

Pourtant, il en était venu là par une pente toute naturelle. Dans ce milieu de haute et sévère honorabilité, entre ce vieux gentilhomme et cette enfant sans défiance, il se sentait si loin du club, des coulisses et du scepticisme ambiant qu'on y respire, que son cœur renaît comme un bain de jouvence.

Ainsi retrempé, ce viscère se mit à battre avec une vigueur dont son maître et seigneur l'avait cru désormais incapable.

La barrière moralement infranchissable qui s'élevait entre lui et mademoiselle de Courte-House ne servit qu'à redoubler l'intensité des désirs d'André.

Pendant ses longues nuits blanches, quand il avait encore dans les narines le parfum des cheveux d'Yvonne, et dans la pensée le rayonnement magnétique de ses yeux, elle lui paraissait à la fois proche comme son ombre et aussi lointaine que la lune.

Il se disait alors qu'il eût été moins dangereux pour lui de marcher sur un serpent cobra, caché dans les mousses de l'avenue, que d'y rencontrer cette adorable fille, avec sa robe d'un rose éteint, ses cheveux mordorés et son sourire attirant comme l'abîme.

Des hallucinations brûlantes, d'une fugacité fiévreuse, se succédaient dans son esprit. En présence de l'amoncellement d'obstacles qui les séparait, l'imagination d'André se complaisait à des songes de rapt et de viol au bout desquels le suicide lui semblait le dernier refuge.

Parfois, il rêvait d'un monstrueux cataclysme où l'humanité sombrerait avec son inextricable réseau de conventions, de pactes et de lois. Alors, plus de villes, plus de société, plus de temples; plus rien que le chaos grandiose des forêts, à travers lesquelles il se voyait errant avec Yvonne, seuls à deux ainsi qu'aux derniers jours de la Genèse biblique. Adam et Ève sans l'innocence et sans la malédiction. Ainsi s'avançaient-ils, dans l'oubli souriant du passé, étroitement enlacés, faisant tous les dix pas de délicieuses haltes... jusqu'à ce qu'un brusque réveil le surprit, pantelant et glacé de sueur sous les courtines. Il lui semblait que pour l'assouvissance de ses désirs, ce ne serait pas trop d'une de ces nuits polaires qui durent six mois.

La malignité de cette fièvre contagieuse s'exerçait plus terriblement peut-être sur la pauvre Yvonne, moins armée que lui pour la résistance.

Les symptômes du mal se manifestent par des rougeurs et des pâleurs soudaines, des balbutiements à tout propos. La réserve que tous deux s'étaient imposée ne la protégeait pas. Leurs lèvres avaient beau affecter un ton de cérémonie exagéré, leurs yeux se tutoyaient depuis longtemps. Yvonne ne luttait plus. Sans qu'ils eussent échangé d'autres étreintes que la poignée de main à l'anglaise, le matin et le soir, elle lui appartenait en esprit, corps et âme.

Les heures où elle venait dessiner avec lui dans le petit atelier sous les combles, étaient à la fois les plus délicieuses et les plus terribles de toutes.

Quand elle se penchait sur les cartons, découvrant son cou de marbre, où se tordaient des touffes de cheveux, il pantelait du désir et se tenait à quatre pour ne pas l'encercler d'un collier de baisers fous.

Ces tête-à-tête lui brûlaient le sang. Un jour, espérant s'arracher à l'envoûtement sous lequel il essayait de se débattre encore, André s'enfuit à Paris.

Il prit congé à la hâte, se prétendit rappelé par une dépêche et s'éloigna de toute la vitesse de l'express, avec la résolution bien arrêtée de ne jamais revoir le coin du monde qu'il laissait derrière lui.

En rentrant dans son appartement du boulevard Haussmann, il jeta le regard attendri de l'enfant prodigue sur ses tableaux, sur ses statuettes, sur ses livres familiers. Il lui sembla que des siècles s'étaient écoulés depuis leur séparation. Pourtant, quand il voulut s'asseoir au travail, cela lui fut impossible. La nuit s'était faite en lui.

Il revit ses anciens amis, se rendit au cercle, hanta le foyer de la danse, celui des Français. Il rentra régulièrement chez lui plein de lassitude et d'écœurement. Le monde lui semblait habité par des poupées articulées.

Un soir de première à la Porte-Saint-Martin, il rencontra dans les couloirs certaine femme célèbre à laquelle il avait inspiré naguère une grande passion, dont le tout Paris des désœuvrés s'était occupé.

Brusquement rompue par André dans un moment d'humeur, cette liaison avait laissé dans le cœur de l'étoile des traces si profondes, qu'elle s'était enfermée pendant trois semaines pour la pleurer, annonçant à qui voulait l'entendre son irrévocable résolution de prendre le voile au couvent de Grand-Champ.

Depuis lors, elle avait flambé, âme et corps, pour un ténor fameux, qui avait cédé la place à un turc, lequel s'était vu supplanté par un clown. Ce dernier avait enfin dû s'effacer devant l'influence toute-puissante d'un prédicateur à la mode.

Pour le moment, donc, elle donnait dans la religion. Sur son ordre, on avait installé un orgue au beau milieu de sa chambre à coucher — ce qui ne laissait pas de faire sourire ses amis.

— Vous paraissez souffrant, dit-elle à son ancien amant, tout en scrutant sa pensée avec l'œil expérimenté des Parisiennes de trente ans. Venez me voir le mardi. Je vous lirai des vers de ma façon. Je mets en rimes l'*Imitation de Jésus-Christ*. Le passé est oublié; venez chez moi, vous en sortirez meilleur et consolé.

André s'y rendit, un peu par curiosité, beaucoup par ennui. Il y trouva son ami Henri de Castillac, qui écrivait des paradoxes politiques dans la presse bien pensante.

Ce dernier, le voyant plus taciturne que jamais, essaya de le sonder un peu.

— Qu'il y ait du cotillon dans ton cas, lui dit-il, je ne te fais pas l'injure d'en douter. Ta tristesse évoque l'*odor di femina*.

Et levant comiquement le nez, le journaliste semblait subodorer de tièdes parfums épars.

En quelques mots, sans citer un seul nom, André le mit au courant de la situation.

— Procédons par parabole, dit Castillac en allumant un cigare. Écoute bien ceci :

Un poète, un jour, trouva sur son chemin la rose sauvage qui pousse au milieu des ronces. Au lieu de la cueillir comme c'était son devoir, puisque les fleurs ont été créées pour les poètes, il se mit à l'admirer de loin et lui fit un sonnet digne de décrocher la timbale ès académie florale de Clémence Isaure elle-même !

— Et qu'arriva-t-il? demanda l'architecte, qui souriait à la faconde gasconne de son ami.

— Il arriva un pourceau, lequel, en passant, brisa la tige et foula la fleur. Cueille ton églantine, mon très cher, et rapporte-m'en les pétales.

— Non. Ce serait infâme.

— Tu préfères la réserver pour quelque sous-préfet démissionnaire ? A ton aise. Reste à savoir si l'enfant t'en saura gré.

— Brisons-là, interrompit André, avec un geste d'impatience. Tu ne sais de qui tu parles...

Un autre soir, poussé par l'irrésistible désir de revoir quelqu'un qui pût lui parler d'Yvonne, il se fit annoncer chez la marquise Stradella.

— Bonjour, vous ! dit-elle en lui tendant sa main fluette. L'on vous croyait en Normandie.

— Je suis de retour depuis... (Il n'osa dire deux mois, s'attendant à d'amers reproches.)

— Depuis une éternité, acheva la marquise, avec une ironie pleine de pardon. Ne vous voyant plus revenir, je supposais que vous étiez resté à Campalloy pour les chasses.

— Les chasses ?... interrogea le jeune homme.

— Comment, vous ne savez pas ? J'admire votre indifférence. Elle me tranquillise, car en jouant la « sœur Anne » seule ici, je ne me sentais pas très rassurée à votre sujet. Apprenez donc, monsieur l'amateur de chapelles romanes, que depuis près de deux mois le château des Courte-Heuse est devenu le rendez-vous de la noblesse normande. On y courre le cerf. Ce petit fat des Estappes, qui sort d'ici, assistait au dernier *rallye paper*. Il paraît que les plus brillants cavaliers avaient choisi pour point de ralliement le bouquet d'asphodèle que portait Yvonne de Courte-Heuse à son corsage. Ma cousine est une écuyère admirable, et je ne suis pas étonnée de son succès. Entre nous, je crois qu'on songe à la marier. Des Estappes en est féru. Il a déjà rimé plus de cinquante madrigaux où il la compare à Diane. Mais si jamais il l'épouse, je suis bien certaine que c'est lui qui portera le croissant !

Et le rire mutin de la marquise s'égrena comme un collier de perles au fond d'une coupe de cristal.

Le lendemain, après une nuit d'insomnie, un voyageur, les yeux creux, pâle à faire pitié, se jetait avec lassitude sur les coussins d'un wagon en route pour « le Havre et la ligne ».

C'était André.

IV

La Grotte aux Sylvains

Le retour du jeune architecte ne surprit personne au château : il n'avait pas achevé le plan des travaux nécessaires pour dégager les parties basses de la chapelle enfouies sous le sol.

On le reçut avec cordialité, comme un familier de la maison.

A peine réinstallé dans son appartement, il demanda qu'il lui fût permis de saluer mademoiselle de Courte-House, son élève. Elle était à la promenade, dans le parc.

L'architecte, prétextant un violent mal de tête, sortit à l'aventure.

Le parc de Campalloy avait, disent les paysans de Caux « cent cinquante acres emmurés ». On y pénétrait par une haute grille de fer forgé, au fronton de laquelle le lion lampassé des Courte-House étincelait sous sa couronne de pointes.

La muraille, tout en briques et dur silex, était couverte de cette mousse roussâtre qui s'attache aux demeures anciennes et que l'on pourrait appeler la rouille seigneuriale.

Une fois la pelouse franchie, une végétation sauve de la cognée depuis près de cent ans s'y enchevêtrait dans le plein épanouissement de sa floraison, avec une opulence qui tenait de la féerie.

Ne voulant pas être vu, André prit sa course à travers champs. On achevait de rentrer la moisson. Des pâtres qui revenaient à pas lents traînaient leur chant monotone comme une mélopée arabe.

Liées ensemble et « mises en demoiselles », selon la pittoresque expression des *varlets d'août*, les gerbes de blé, alignées dans la buée vespérale ressemblaient de loin à une sarabande de jeunes filles.

On sentait monter de terre ce puissant parfum d'herbes foulées qui trouble la raison comme un philtre. Les tempes d'André battaient avec violence. Il franchit d'un bond le mur à demi écroulé qui bornait le parc près du pavillon de chasse et se jeta au milieu des taillis.

Les branches qu'il écartait dans sa marche, se refermaient sur lui avec de deux frissons. On eût dit que le bois chuchoteur et recueilli prenait possession de son hôte.

Comme il dévalait sur la pente d'une clairière, André aperçut le cheval rouan d'Yvonne attaché à un jeune chêne.

Il ralentit le pas et s'approcha, sondant du regard les profondeurs vertes.

L'herbe était plus drue en cet endroit qu'aux alentours, à cause d'une petite fontaine que l'on entendait sourdre, à l'ombre d'une roche creuse, hantée, disait-on, par les sylvains et les loups-garous.

Au milieu de l'encadrement formé par l'entrée de cette grotte, mademoiselle de Courte-House, debout, caressait un beau lévrier. Elle était vêtue d'une robe claire et coiffée d'un grand chapeau de paille. Le chien flairant le nouveau venu, se mit à gronder. André fit trois pas en avant. Il surgit tout à coup dans les feux mourants du soleil, qui traversaient obliquement la clairière.

A cette apparition, Yvonne jeta un cri.

Elle était devenue plus blanche que cire. André s'avançait, en proie à une émotion indicible.

Quel changement s'était fait en la jeune fille depuis deux mois!... Il la retrouvait mille fois plus belle et plus désirable qu'autrefois. Elle avait la tristesse d'un lis qui penche, et dans ses grands yeux on lisait maintenant des pensers de femme.

Quand il fut près d'elle, Yvonne lui tendit la main, qu'il garda dans les siennes.

— Pourquoi êtes-vous parti? Pourquoi revenez-vous?

— Je suis parti parce que je vous aime. Je suis revenu parce que j'en vais mourir...

Ils étaient seuls, André, tombé à genoux, baisait le bas de sa robe. Puis, hors de lui, il éteignit ces yeux, distillateurs du venin dont il souffrait tant, sous la caresse ardente de sa bouche.

Yvonne se sentit chanceler. Elle s'assit sur un tertre. Pareille à l'héroïne d'une vieille ballade allemande, elle semblait regarder *plus loin que la terre*. Ils s'étreignirent follement. Leurs lèvres se cherchèrent. Comme s'il avait compris que la pauvre langue humaine était impuissante à traduire l'émotion délicieuse qui les poignait, un rossignol mussé dans les hautes branches se mit à préluder à la chute du jour.

A cette apparition, Yvonne jeta un cri.

Ils restèrent longtemps enlacés, toujours muets. Si les anges ne sont pas des diables, ils sont au moins, dit-on, du bois dont on les fait.

Yvonne s'était abandonnée aux caresses d'André sans prononcer une parole.

Ses cheveux se déroulaient au milieu des marguerillettes et des marjolaines... Au fond de quels abîmes glissait-elle, étonnée, presque inconsciente? Il lui semblait que des ténèbres de velours enveloppaient la terre, comme au jour où, dit l'Évangile, le voile du temple se déchira.

Transporté dans le monde du rêve, pareil à ces bergers de Grèce qu'une déesse élevait jusqu'à elle, le jeune homme oubliait la vie. Près d'eux, la petite source chantait de sa voix de cristal, et sur leurs têtes le rossignol lui répondait.

. . . .

Des bruits de voix, lointains d'abord, se rapprochèrent. Un fracas de branches cassées se fit entendre. André avait bondi sur ses pieds. Miss Ellen, flanquée de deux domestiques, s'avançait précipitamment.

En pénétrant sous la roche, elle s'écria :

— Quoi! mademoiselle de Courta-Hanse et M. Delamyre *seuls* dans cette grotte ?

Et elle souligna cette expression d'un mauvais sourire à l'adresse des deux valets qui lui faisaient escorte.

André perdit contenance.

Prête à défaillir, Yvonne renouait ses cheveux qu'elle tordait d'un geste machinal.

— ... Et moi! dit la voix du docteur, qui parut tout à coup derrière eux. Et moi, miss Ellen, est-ce que vous me comptez pour rien?

— Vous étiez ici, docteur?

— Je n'ai pas quitté mademoiselle Yvonne un seul instant, affirma l'excellent homme, auquel l'essoufflement d'une course rapide donnait un démenti formel. Pas un instant. Et bien en a pris à la chère enfant, car elle est tombée de cheval et elle a failli s'évanouir.

Nous sommes entrés *tous trois* dans cette grotte pour y trouver un peu d'eau, ajouta-t-il en passant son mouchoir humide sur les tempes d'Yvonne. — Là !... Je vous avais bien recommandé de vous méfier de cette pouliche...

— On avait donc raison de s'inquiéter, prononça miss Ellen (adoptant bien malgré elle la version du docteur, qui, guidé par le grand lévrier, s'était rendu à la grotte par un chemin plus direct et ne l'y avait précédée que d'une minute à peine). L'heure du dîner a sonné depuis longtemps. M. le comte craignait quelque accident de ce genre.

Yvonne prit le bras de Manclerc et se laissa conduire avec le regard fixe d'une somnambule. Sa bouche entr'ouverte restait silencieuse. Elle comprenait qu'une immolation venait de s'accomplir, où elle avait donné plus que sa vie.

Le docteur respectait son mutisme. Quant à André, il répétait à lui-même : « Ai-je rêvé cela ? »

Le ciel avait maintenant ce ton crépusculaire qu'il prend à l'heure de l'angelus et qu'un rêveur a baptisé « le bleu chopin. » Le doux cri d'appel des crapauds énamourés montait du fond des ravines, et le vol capricieux des chauves-souris faisait de brusques ricochets dans le clair-obscur.

On allait doucement. Les domestiques, menant le cheval par la bride, fermaient la marche.

Dans le lointain, les toits ardoisés du château luisaient sous la lune comme les écailles de quelque monstre fabuleux.

Bientôt on atteignit la grille d'entrée. Yvonne, souffrante, s'enferma dans son appartement.

Après avoir gaiement rassuré les hôtes de Campalley sur les suites de ce qu'il appelait « une nouvelle frasque de notre chère écervelée », Mauclerc attira André dans l'embrasure d'une fenêtre.

— Allez-vous-en, monsieur, lui dit-il à voix basse. Votre place n'est plus ici.

André Delamyre avait l'habitude de regarder son homme bien en face. Ame qui vive ne pouvait se vanter de lui avoir fait baisser la paupière.

Pourtant la voix grave du docteur avait un tel accent d'autorité qu'il tressaillit des pieds à la tête.

Il eut comme une ressouvenance du temps où, écolier, il se trouvait en faute devant le magister. Toutefois, son orgueil reprit le dessus. Il releva le front et répondit :

— Je vais m'éloigner pour toujours, docteur, mais jurez-moi que vous m'écrirez, que vous veillerez sur...

— Je ferai ce que me dictera ma conscience, répondit sèchement Mauclerc en lui tournant le dos.

Le jeune homme comprit qu'il ne lui restait qu'à s'incliner devant cet ordre formel. Il regagna Paris, où il se réfugia dans un isolement plus farouche que jamais.

Octobre s'écoula, puis novembre.

Un soir que le vent pleurait au fond du parc, comme l'âme d'un violoncelle, des petites lumières falotes se mirent à courir par les cours obscures du château, dont les croisées s'éclairèrent au milieu de la nuit.

Une grande rumeur faite d'exclamations diverses s'éleva dans la salle basse : « Mademoiselle était mourante ! » Le docteur arriva comme un ouragan, bouscula meubles et gens, et après un rapide examen de la malade, mélangea dans un verre plusieurs liquides qu'il voulut lui faire prendre lui-même.

Les dents d'Yvonne brisèrent le verre sans se desserrer.

Au milieu des cris de la comtesse et de ses gens affolés, une lutte silencieuse commença entre Mauclerc et la malade. Les regards du docteur étaient impérieux. Ceux de la jeune fille disaient : « Non ! » avec une fermeté tenace. Enfin, épuisée, elle tomba dans une prostration dont son vieil ami profita pour lui faire absorber le mélange qu'il avait préparé.

Mauclerc chassa tout le monde de la chambre : « Il répondait de tout pourvu qu'on le laissât tranquille. Un peu de vert-de-gris s'était sans doute trouvé mélangé dans une sauce... Il fallait vérifier l'état des cuivres de la cuisine. »

Ayant fourni cette admirable explication, l'excellent homme ferma la porte au nez des gens, laissant dame Florimonde, la cuisinière, sangloter dans son tablier.

Dès qu'il se vit seul avec elle, Mauclerc roula un fauteuil au chevet de la malade, et prenant dans les siennes ses pauvres mains qui tremblaient, il lui dit d'une voix grave :

— Mon enfant, pourquoi voulez-vous mourir ?

— Grâce, docteur ! Je vous en prie, laissez-moi !

— Il le faut... Ah ! c'est horrible !

Soulevée à demi sur sa couche, approchant ses lèvres de l'oreille de Mauclerc, comme si elle eût craint de s'entendre elle-même, la moribonde murmura quelques mots qui le firent frissonner.

— Ah ! malheureux imbécile que je suis ! s'écria-t-il. Je n'ai rien prévu, rien compris... J'ai cru qu'il suffisait d'éloigner ce bellâtre ! En voilà bien d'un autre !

— Vous le voyez. Je n'ai plus qu'à mourir. Comment affronter la colère de mon père, quand il saura ?...

— Vous n'avez pas le droit de quitter la vie, prononça le docteur d'une voix sourde. Ce serait un double crime. Et qui sait si la comtesse, dont la santé m'inquiète...

A ce mot, Yvonne retomba sur le lit, en proie à un accès de folie. Elle se sentait comme Œdipe sous la griffe de l'Ananké. Renversée, pantelante, elle croyait voir dans l'ombre des rideaux le visage rigide du comte la couvrant de ses yeux implacables. Dans ce tourbillon où tout se déracinait et sombrait avec elle, un cri d'enfant lui revint aux lèvres : « Maman ! maman ! »

Cette crise dura longtemps. Le docteur attendit patiemment que le paroxysme fût passé. Quand Yvonne commença de pleurer et qu'il la vit un peu plus calme, il reprit avec autorité :

— Il faut vivre pour tous ceux qui vous aiment, pour votre enfant, à qui vous devez un nom honorable.

— Mais André est marié... vous le savez.

— Eh bien ?

— Epouser un complaisant? jouer une comédie infâme? interrompit Yvonne avec emportement. Vous ne me faites pas l'injure d'y penser ?

— Il faudrait, dit Mauclerc, comme se parlant à lui-même, trouver un homme portant un nom sans tache, devant qui vous n'auriez pas à rougir... Un homme qui vous aimât au point de respecter votre amour pour un autre. Un homme assez honnête pour vous considérer et vous traiter comme sa propre fille.

— Vous savez bien que c'est impossible. D'ailleurs, j'appartiens à André. Je ne me reprends pas. Je veux mourir.

Les heures s'écoulaient lentement. Le docteur se promenait avec agitation, lançant des exclamations aux quatre murs.

Tout à coup il s'arrêta près du lit, les mains derrière le dos.

La tête d'Yvonne émergeait au milieu des dentelles ravagées. Ses yeux, où la lueur du foyer mettait deux escarboucles, regardaient fixement dans le vide. Mauclerc sentit qu'il fallait prendre, comme il le disait, le taureau par les cornes.

— Il ne s'agit pas de mourir, s'écria-t-il. Mourir ! C'est bon pour une vieille bête comme moi... Et encore ! Quand j'aurai le temps... Car j'ai trop d'affaires sur les bras en ce moment. Il s'agit d'abord de donner un nom honorable à ce bambin-là, de lui constituer un état civil, et puis, ma foi ! d'en faire un citoyen sérieux... Voyons, Yvonne, je suis vieux, laid et ridicule, mais je vous ai vue naître, chère petite, et je vous aime comme ma propre fille. Ma famille a trois cents ans de bonne roture. Elle a toujours été respectée... Si vous voulez, votre enfant s'appellera Mauclerc tout court?

— Oh ! mon ami !

— Voilà qui est dit, s'écria le docteur, dont la voix commençait à trembler. Aussitôt que vous serez sur pied, dans quelques jours, nous partirons ensemble pour Nice avec l'abbé : madame la comtesse nous y rejoindra dès qu'elle aura préparé votre père à cette terrible nouvelle.

— Faites ce que vous dira votre cœur, mon vieil ami. Je suis sans force, sans volonté. Je vous abandonne ma vie... dit la malade d'une voie affaiblie.

Mauclerc parla longtemps encore.

Yvonne ne lui répondait plus que par de légères pressions de sa main moite qu'il tenait entre les siennes.

Enfin, brisée de fatigue et d'émotion, elle s'assoupit.

Le docteur se pencha sur cette face plus blanche que l'oreiller, il effleura son front du bout des lèvres, tandis qu'une larme longtemps contenue, une de ces larmes d'homme qui sourdent du plus profond du cœur, allait se cacher dans ses rides.

Ce fut le baiser de fiançailles d'Yvonne de Courte-Heuse.

V

Un Coup d'Épée

Pour tout le monde à Campalley, « Mademoiselle » était allée faire une cure à Nice, accompagnée de son directeur et de son médecin.

Seuls, M. et madame de Courte-Heuse connaissaient le vrai motif de ce voyage.

Aux premiers mots que lui on avait dits sa femme, quelques jours après le départ de leur enfant, le comte s'était abattu comme un chêne foudroyé.

Depuis, les yeux rouges de la pauvre dame ne s'étaient pas arrêtés de pleurer.

Un matin, le comte se fit annoncer chez elle. Il était boutonné dans un pardessus de voyage. On avait mis les chevaux. Un domestique portant une légère valise attendait dans la cour.

— Vous partez, Roger? dit la vieille châtelaine avec inquiétude. Où donc allez-vous ?

— Je vais châtier ce polisson, répondit le comte. Et, s'inclinant, il lui mit un long baiser sur le front.

La comtesse le regarda partir sans prononcer une parole. Puis, elle se retira dans son oratoire, dont, toute la nuit, la vitre clignota sur la masse noire du château endormi.

Ah ! il n'était plus gai, le vieux domaine ! Il avait perdu son âme. Un malaise y planait dans l'air. Ses longs corridors ne résonnaient plus aux éclats de rire des jolies filles, et les domestiques glissaient, silencieux comme des ombres, sur leurs dalles grises... Il était enfin redevenu le nid de hiboux dont s'épouvantait si fort la jolie marquise Stradella !

André Delamyre travaillait dans son atelier du boulevard Haussmann, quand on lui annonça le comte Roger de Courte-Heuse.

Secoué des pieds à la tête par une émotion qu'il maîtrisa aussitôt, le jeune homme fit deux pas au-devant de son visiteur.

L'aspect du comte était terrible.

Deux lignes profondes s'étaient creusées sous ses yeux, et descendaient jusqu'aux joues, où elles formaient une double fossette macabre. Ses cheveux gris en désordre lui balayaient le front. Ses regards avaient une fixité obsédante.

Au premier coup d'œil, André comprit le but de sa démarche.

Il se ramassa sur lui-même et fit tête comme un cerf aux abois.

— Sommes-nous seuls ? demanda le comte.

— Oui, répondit André d'un signe de tête.

— Vous deviez m'attendre, monsieur. Je sais tout.

— Monsieur le comte, répondit froidement l'artiste, je suis à vos ordres.

— Vous jugerez sans doute comme moi qu'il est inutile de mettre tout le monde dans le secret de... votre infamie ?

André fit un mouvement comme pour se jeter sur Roger de Courte-Heuse. Puis, avec effort et d'une voix sourde :

— Finissons, monsieur, dit-il. Arrangez tout pour demain matin. J'accepte d'avance, et sans les examiner, vos conditions.

Le lendemain, deux voitures fermées roulaient l'une derrière l'autre, retour du Vésinet.

Dans la première, qui était la plus spacieuse, le docteur Goubert rangeait philosophiquement sa trousse, essuyant les lames d'acier avec une fine peau de chamois.

Près de lui, Henri de Castillac préparait des bandelettes.

Ils n'étaient pas seuls dans le véhicule, mais leur compagnon aurait pu être classé au théâtre sous la dénomination dédaigneuse de personnage muet.

On voyait, en effet, une forme humaine à demi étendue, comme pour dormir, sur les coussins du fond.

Ses yeux vitreux semblaient regarder sans voir, sa chemise violemment arrachée découvrait une poitrine de marbre, sous la mamelle droite de laquelle un petit trou triangulaire laissait glisser un mince filet de sang.

Quand cette hémorragie s'arrêtait, le docteur appliquait bravement ses lèvres à la plaie en aspirant avec force, jusqu'il eût amené de nouveau l'épanchement qui rougissait le linge du blessé.

Les deux amis causaient à voix basse comme on le fait dans les caveaux funéraires.

— Sept ans de salle et se faire embrocher comme un débutant ! Docteur, avez-vous jamais tiré avec ce pauvre André ?

— Souvent, chez Lafont. Il avait une garde de fer.

— Vous rappelez-vous comme il faisait les « contres » ?

— Oui. Il aurait fait tourner sa pointe dans un anneau de femme, sans en toucher les bords.

— Alors que pensez-vous de son jeu tout à l'heure sur le terrain ?

— C'est incompréhensible. Je l'ai assisté dans plusieurs rencontres. Il allait à un duel comme à une fête. Je ne l'ai jamais vu nerveux et taciturne comme ce matin. S'il n'avait fait autrefois ses preuves devant moi, je dirais qu'il a eu peur.

— Peur ? Allons donc ! Il ne s'est pas même défendu. Il s'est jeté sur l'épée... C'est une véritable tentative de suicide... Croyez-vous qu'il en revienne ?

— Heu ! Il y a des blessures morales qui tuent plus sûrement qu'un coup d'épée. Le cœur n'est pas atteint... à ce que dit ma sonde. Cependant notre ami me paraît dans un état désespéré. Il vaudrait peut-être mieux pour lui qu'il n'en revînt pas...

— Tout cela me semble bien mystérieux. Ce vieux comte de Courte-Heuse avait vraiment grand air sous les armes...

Bah ! mieux ne vaut pas approfondir les choses. Autant nous en pend à l'oreille un jour ou l'autre...

— Dieu sauve le demeurant, ajouta Goubert, qui savait son Rabelais par cœur.

— En attendant, conclut égoïstement Castillac, voilà une diable d'affaire qui, s'il meurt, nous causera peut-être bien de l'*ennui*.

La voiture s'était arrêtée. Les gens de M. Delamyre descendirent un vaste fauteuil où l'on installa le blessé. Il fut ainsi transporté dans sa chambre sans avoir repris connaissance.

Ses deux amis s'installèrent à son chevet.

VI

Gai, gai, marions-nous!...

Que le lecteur bénévole qui suit avec moi les développements de cette simple et véridique narration veuille bien donner l'essor à son imagination et lui faire franchir à tire-d'aile tout le panorama du doux pays de France, pour aller se reposer sur les rives ensoleillées de la Méditerranée, près de la frontière d'Italie, dans ce Nice que les décavés de Monte-Carlo n'ont pas encore rendu inhabitable, bien que leur influence sur les destinées de la cité des fleurs nous paraisse de jour en jour plus néfaste.

A Nice donc, vers l'extrémité de la promenade des Anglais, non loin de la villa Potocki, se creuse le lit sec et caillouteux d'un ancien torrent qui, chaque hiver, roule ses flots intermittents des montagnes voisines jusqu'à la mer.

Les haies de géraniums qui le bordent de chaque côté lui font une double ceinture de fleurs, fermant l'accès de délicieux vergers où les oranges empourprées et les citrons pâles rayonnent par grappes à l'ombre des immenses eucalyptus.

La flore, ivre de sève, s'épanouit en liberté dans ces jardins. Les roses grimpantes escaladent les murailles, et par-dessus les toits, à la hauteur de nos vieux chênes, les arbres balancent des avalanches de fleurs roses et blanches, suspendues entre le ciel, qui semble une immense turquoise, et la terre, couleur d'émeraude.

Au milieu de cet éternel floréal, une villa de marbre blanc, discrètement voilée sous un rideau de vigne, semble blottie dans l'ombre, hors de l'orgueilleux alignement des hôtels princiers dont les fenêtres regardent l'éternelle chevauchée, retour du bois en miniature, qui roule tout le jour entre la mer et la promenade. C'est là qu'Yvonne Mauclerc habite avec son mari.

Ce mariage fut célébré en *catimini*. Dès l'arrivée d'Yvonne et du docteur à Nice, la cérémonie civile avait été accomplie. C'était l'essentiel.

Pourtant, Mauclerc, cédant aux supplications de madame de Courte-Heuse, consentit à faire bénir son union par l'Eglise, « à condition, toutefois qu'on ne l'embêtât pas avec le billet de confession », question que l'abbé se chargea d'arranger pour le mieux.

Le bruit courut, au faubourg Saint-Germain, que, sauvée d'une maladie mortelle, grâce au dévouement d'un docteur ami de sa famille, mademoiselle de Courte-Heuse l'avait épousé par reconnaissance. Le beau des Estappes, qui avait rimé en son honneur assez de madrigaux pour en entourer la colonne Vendôme comme un mirliton, plaisanta fort agréablement cette subite passion d'Yvonne pour un grison savant et poussiéreux. De dépit, il cessa de la comparer à Diane.

On attribua généralement l'espèce de mystère dont les Courte-Heuse avaient entouré ce mariage, à l'humiliation que leur causait une telle mésalliance. Mais on admit qu'ils ne pouvaient que céder devant une résolution nettement exprimée, vu l'état vacillant de la santé de leur fille.

Bref, les nobles dames de cette province qui s'étend entre Saint-Sulpice et Sainte-Clotilde n'y purent trouver à mordre. Et pourtant, Dieu sait qu'elles se pourléchent autour d'un scandale comme un conclave de chattes autour d'un bol de crème.

Donc, un jour, sous les voûtes de l'austère basilique de Nice, un service religieux avait été célébré en hâte, sans autre assistance que quelques gens du peuple qui, attirés par le chant des orgues, se groupèrent dans l'ombre des chapelles.

Yvonne, aussi pâle que sa robe, portait une couronne de roses blanches naturelles, parsemées de myrtes d'argent.

Le jeune prêtre qui officiait, probablement troublé par l'étrange dissemblance des fiancés, balbutiait les paroles consacrées. En prenant la bague d'alliance qu'il devait passer au doigt d'Yvonne, il la laissa choir sur le tapis, ce qui est un présage de mauvais augure.

Lorsque Mauclerc et sa femme descendirent les degrés pour remonter dans leur voiture, et que l'on put comparer un instant la beauté, la jeunesse et la pâleur de l'une avec les cheveux gris et les rides sévères de l'autre, un murmure circula parmi les curieux.

— *Poveretta !* dit un homme du peuple en regardant fixement la mariée, *ti auguro molta gioja.*

Quelques bonnes femmes regardaient le nouvel époux de travers. Heureusement, un suisse solennel fit reculer tous ces comparses.

La portière fut refermée. Les deux voitures coupèrent court, et, quittant les méandres de ce quartier populeux, gagnèrent la rue de France pour s'arrêter à l'entrée des jardins de la villa.

La comtesse, écrasée d'émotion, avait eu un léger évanouissement dans la sacristie. Elle se traîna à table et voulut faire bonne contenance jusqu'au bout.

Après le dîner, qui fut morne, Mauclerc prit un flambeau, mena Yvonne à sa chambre et la baisant au front avec une tendresse respectueuse :

— A demain, mon enfant ! dit-il gravement.

— A demain, mon ami... mon père ! répondit-elle dans un flot de larmes.

Elle se pendit à son cou, comme autrefois, au temps où elle était toute petite.

Mauclerc ouvrit la bibliothèque, y choisit un volume, et alla s'enfermer dans son appartement.

Le lendemain, une discussion orageuse, à laquelle madame Mauclerc demeura complètement étrangère, éclata dans le cabinet du docteur, entre la comtesse de Courte-Heuse et son gendre. Ce dernier refusa nettement la dot de sa femme.

Il fit cette déclaration de façon si catégorique que l'excellente dame ne savait où trouver des arguments pour insister.

— Ma bonne amie, dit-il en lui pressant les mains, je n'ai pas de blason, et je ne descends pas comme vous des Plantagenets. Mais mon point d'honneur est aussi chatouilleux que le vôtre. Dieu merci, ma carrière n'est pas finie. Je me sens assez fort pour assurer à ma femme une vie tranquille et confortable, sous mon toit. Yvonne partagera mon sort. Entre elle et moi, il ne peut y avoir place pour une question d'argent.

La comtesse comprit toute la délicatesse du sentiment qui dictait ces paroles et n'insista plus. Elle obtint qu'une partie de la dot d'Yvonne serait consacrée à la fondation d'une vaste école pour l'enfance, sous le patronage et la surveillance directe du docteur.

Mauclerc adopta cette résolution avec d'autant plus de joie qu'elle devait réaliser l'un de ses rêves humanitaires favoris, « car, disait-il, on n'attire pas les mouches avec du vinaigre, ni les moutards avec des taloches. Si tous les polissons mal peignés qui traînent la savate le long des trottoirs étaient sûrs de trouver à l'école une paire de souliers chauds et une bonne soupe aux heures des repas, ils avaleraient volontiers le ba bé bi bo bu par-dessus le marché, pourvu qu'on le fît sagement alterner avec de longues récréations gymnastiques. Il faudra inaugurer une belle et bonne abbaye de Thélème à l'usage des petits pauvres. Et j'en serai le frère Jehan ».

Dès lors, très absorbé par ce que l'abbé appelait « son dada », l'excellent homme se plongea dans l'élucubration des plans nécessaires. Jamais sa vie n'avait été aussi active. Levé dès l'aube, il consacrait à ses devoirs professionnels une partie de la journée. La réputation du docteur s'accrut rapidement. Ses visites s'étendaient jusqu'à Cannes et aux villes les plus proches du littoral, qu'une immigration de poitrinaires envahit aux premières brumes de l'automne.

Yvonne, encore toute remplie de la stupeur où l'avait plongée cette brusque succession d'événements, morte pour le monde et pour ses joies, vivait désormais comme vivent les nonnes, ramenant sur ses yeux un voile épais qui lui masquait l'aspect des choses.

Recueillie dans sa douleur, toute au souvenir de son amour en deuil, elle se laissait emmener par sa mère et par l'abbé Mathieu en de longues promenades au milieu de cette nature presque africaine.

Machinalement, avec le regard morne des condamnés, elle contemplait la chaîne de montagnes dont les crêtes d'un vert puissant dentelaient l'horizon, les sombres bocages au creux des vallées, et le panorama féerique de la mer bleue, où parfois une barque de pêcheurs semblait plonger dans la blancheur de l'écume, sur la frange des flots.

Il me souvient d'un tableau sublime, trouvé par hasard dans une collection d'amateur. Cette œuvre, dont l'auteur est mort inconnu, représente la Margarète de Goethe, au moment où, posant la main sur son flanc, elle éprouve les premiers tressaillements de la maternité.

Oh ! sur cette rayonnante figure de vingt ans, l'expression d'étonnement, de joie et d'angoisse qui contracte les traits dans un sourire maladif est inoubliable ! Et mille fois j'ai eu la vision de cette toile en me rappelant le visage d'Yvonne... après sa chute.

Passive, résignée, elle s'abandonnait à son sort, souhaitant vaguement de mourir le jour de ses couches.

Elle ne recevait aucune nouvelle de Paris et n'en désirait pas. Les journaux ne franchissaient jamais le seuil de la villa. A de rares intervalles, une lettre du comte arrivait à l'adresse de madame de Courte-Heuse. La comtesse la lisait en dévorant ses larmes. Dans ces sobres missives, il n'était jamais question d'Yvonne.

Vers le terme de sa grossesse, madame Mauclerc se confina entièrement dans sa villa, et borna ses promenades à quelques tours de jardin au bras de son mari.

Or, par un clair matin de mai, à l'heure où l'aurore montante teignait le ventre des nuages, comme un feu de forge cyclopéenne, les volets de cette

Monsieur le comte, répondit froidement l'artiste, je suis à vos ordres.

villa furent brusquement ouverts, pour livrer passage à cette brise marine que les Anglais déclarent *so invigorating !*

L'appartement, où le jour fit pâlir la clarté des bougies, offrait l'image parfaite du désordre, et les meubles bousculés pêle-mêle indiquaient pour le moment, de la part des habitants, une insouciance absolue de la symétrie.

L'abbé Mathieu, très rouge et très effaré, se démenait entre madame de Courte-Heuse et le docteur Mauclerc, dont la physionomie, plus sérieuse que de coutume, trahissait une préoccupation évidente. De temps en temps, ce dernier se glissait sur la pointe des pieds dans la pièce voisine. C'était la chambre d'Yvonne.

A ces signes extérieurs on devinait qu'un grand événement était attendu. C'est un avènement qu'il faudrait dire, car les clameurs dont retentissait l'appartement ne laissaient aucun doute à cet égard.

En effet, après une disparition plus longue que les autres, le bon docteur fit sa rentrée solennelle au salon, accompagné d'une brune paysanne qui présentait à la ronde un bébé superbe.

— *Un ragazzo! Un' bel' ragazzo!* criait-elle en riant de ses trente-deux dents.

— Madame la comtesse, dit gravement Mauclerc en présentant l'enfant à cette dernière, embrassez votre petit-fils.

La vieille dame, tout en larmes, couvrit l'enfant de baisers et de caresses.

— Maman! Maman! criait une voix faible, du fond de la chambre voisine.

La grand'mère prit l'enfant dans ses bras et, suivie de la nourrice, elle se précipita chez sa fille.

— Quelle douce émotion pour notre chère Yvonne! soupira l'abbé... Mais l'absence du comte Roger la navre.

— Lui seul n'a pas pardonné, répondit Mauclerc d'un ton pensif.

— Pourtant, reprit l'homme d'église, Notre-Seigneur a dit : *Mihi vindictam...*

— Que voulez-vous ? fit le docteur avec une nuance d'ironie. Peut-être que le comte ne sait pas le latin.

L'émotion les gagnait tous deux. L'abbé Mathieu prit les mains de Mauclerc et les serra dans les siennes.

— Mon vieil ami, mon cher camarade, reprit-il d'une voix émue, ce que vous avez fait est digne d'admiration. Je vous le dis du fond du cœur... Et pourtant, cela me semble tout naturel de votre part ! Il ne pourrait m'entrer dans l'esprit que vous ayez agi d'autre façon. Cet enfant que vous adoptez si simplement, si noblement, vous récompensera plus tard. L'avenir de ce fils à qui vous donnez un nom sans tache sera désormais le but de votre vie et l'orgueil de vos cheveux blancs. Croyez-moi, quelque chose me dit que vous n'aurez pas à vous repentir d'une si belle action.

Ainsi prêchait l'excellent homme dans l'attendrissement de son âme.

— Vous l'avez dit, l'abbé. Ma vie a maintenant un double but. J'ai charge d'âmes. Je me sens grandi par cette mission que le hasard a placée sur mon chemin et que je jure d'accomplir... J'ai un fils aujourd'hui, j'en ferai un Mauclerc ! déclara le docteur d'une voix vibrante.

Le futur Mauclerc poussait dans la chambre du fond des vagissements capables de donner la plus haute opinion de la largeur de ses poumons. Le docteur quitta le salon pour s'assurer que ses prescriptions étaient suivies à la lettre.

Resté seul, l'abbé renifla une ample pincée de tabac.

— Cette génération de 48, grommela-t-il, a produit de rudes hommes... Quel dommage que Mauclerc soit si intraitable sur le chapitre de la religion ! A part ça, c'est un ami parfait ! Dieu n'aura jamais le courage de damner un être pareil. — Ce petit gaillard-là va mettre un peu de gaieté dans la maison. — Elle en avait grand besoin... Un vrai couvent de trappistes ! Enfin, il est arrivé au chant des merles et au lever du soleil, qu'il a salué d'un cri triom- phal ! Ainsi va la vie, et vive la joie ! Ma foi, je ne suis pas fâché de ça...

L'instinct du bon abbé ne le trompait pas.

A dater de cet instant, une nouvelle existence commença pour la jeune femme.

Le cri de Proudhon : « Ménagère ou courtisane ! » est et doit rester éter- nellement vrai. C'est entre ces deux fins que s'agite l'humanité féminine, et toute la question de l'avenir des femmes tient dans ces simples mots.

La véritable pierre de touche qui, parmi nos gracieuses compagnes, sert à distinguer aux yeux de l'observateur les moutons blancs des moutons noirs, est assurément l'amour maternel.

Par le joli temps qui court, il va se raréfiant, et de jour en jour perd de son intensité. — Elles se font rares, les Cornélies ! — Dans les natures mêmes où il existe, les distractions du monde, la littérature *pro porcis* à la mode, ce vent de jouissance outrancière qui souffle sur notre société déca- dente, attisant la débauche universelle, contribuent à l'amoindrir, quand ils ne l'y éteignent pas entièrement.

La jeunesse d'Yvonne avait fleuri loin de ces influences délétères. Désor- mais, son âme repliée sur elle-même, au milieu d'une quasi-solitude, s'ouvrit tout entière à ce sentiment nouveau.

Elle se considérait comme la veuve d'André.

Elle ignorait en quel lieu l'avait emporté sa destinée. Sûre de ne jamais le revoir, elle s'efforçait de se faire à l'idée qu'il était mort.

Les deux syllabes de ce nom maudit n'avaient jamais été prononcées devant elle. Yvonne, écrasée sous la réprobation muette de son père, sous les larmes silencieuses de la comtesse, sous les réticences maladroites de l'abbé, sous la protection (si délicate, pourtant !) du docteur, redoutait de les murmurer dans ses rêveries, comme si elles eussent contenu quelque redoutable blasphème.

Son enfant était donc le seul souvenir vivant de cet amour, qui avait éclaté comme un coup de foudre dans un ciel serein. Elle s'y cramponnait. C'était le dernier lien par lequel Yvonne se rattachait à l'existence.

Elle aimait l'innocente créature pour toute la honte et les angoisses qu'elle lui avait inconsciemment apportées.

La jeune mère eut bientôt en Mauclerc un rival auprès du baby.

Rien ne saurait peindre la tendresse passionnée du savant pour ce joli poupon. Il en radotait, passant de longs instants à guetter son réveil, épiant chacun de ses mouvements, échafaudant mille projets gigantesques sur l'avenir de ce frêle petit être.

Absorbé par ses travaux, c'est autour de ce berceau qu'il se rencontrait avec sa femme. Il s'y attardait à rêver, inventant un jargon spécial d'une drôlerie, d'une fantaisie extraordinaires, pour converser avec « Monsieur son fils », lequel bégayait encore le langage, inintelligible à nos oreilles, que l'on parle sans doute dans la mystérieuse patrie qui précède l'existence terrestre.

Parfois le petit Robert (car ainsi l'avait-on nommé) s'amusait à lui tirer des poignées de cheveux. Mauclerc, ravi, s'y prêtait de bonne grâce. Yvonne assistant à ces jeux sentait son front se rasséréner. De nouveau, bien que rarement, ses lèvres connurent le sourire.

Ces symptômes de convalescence morale n'échappaient pas à l'œil scrutateur de l'excellent Mauclerc.

Il s'en réjouissait intérieurement, se confondait en mille attentions délicates, respectait les heures de songerie où l'ombre du passé venait visiter avec trop de force l'esprit de la jeune femme et — mettant à profit la moindre circonstance — savait toujours chasser ces lugubres réminiscences par un mot joyeux.

Sous le rayonnement de cette sympathie, la jeune femme se sentait comme enveloppée d'une douce chaleur. Le nom de Mauclerc était un refuge où sa pensée aimait à se blottir.

Pendant ce temps, le baby grandissait et se développait superbement. Lorsqu'il essaya ses premiers pas sur le tapis du salon, ce fut un ravissement général.

Mauclerc le posait par terre à l'extrémité de l'appartement. Yvonne, assise près du mur opposé, l'appelait de mille noms charmants. Le docteur, alors, lâchait maître Robert qui, ouvrant gravement les deux bras pour maintenir son équilibre, partait en titubant comme un petit bonhomme ivre et, près de tomber, se cramponnait à la robe de sa mère.

C'était alors un crépitement de baisers qui retentissaient sur ses bonnes joues si roses et si fermes. Et quels battements de mains, quels éclats de rire, quand, un pli du tapis le faisant trébucher, il s'asseyait lourdement au beau milieu du trajet !

Puis vinrent ses premiers mots : maman Zozo... papa Bébert. A tout instant, ce fut une extase nouvelle... « Mon ami, savez-vous comment il appelle mes cheveux à présent ?... des oua-oua ! Où a-t-il été chercher cela ? »

Et maître Robert répétait « oua-oua », indiquant du même doigt potelé les longs poils fauves du chien Toby et la chevelure de sa maman. Alors des rires fous la prenaient, des rires hystériques au milieu desquels Yvonne serrait l'enfant à l'étouffer et le baisait à lui faire mal.

Si grand que soit le cœur d'une femme, il n'y a place en lui que pour un nombre déterminé de sentiments. Lorsque, sous l'influence du milieu ambiant et des circonstances particulières, l'un de ces sentiments prend un développement excessif, c'est toujours aux dépens des autres.

Maintenant l'amour d'Yvonne pour cet enfant emplissait sa vie. Une sorte de calme l'envahissait. L'événement, pourtant si récent, qui avait bouleversé son existence, lui apparaissait dans les brumes bleuâtres d'un lointain plein de reposante mélancolie.

Ses traits avaient revêtu par degrés cette expression que l'on admire sur certains visages de religieuses. On y lisait clairement qu'elle avait pris son parti de la vie, et qu'elle l'acceptait désormais telle que le hasard la lui avait faite.

Elle se mit à s'intéresser aux travaux de son mari, s'en rapprocha chaque jour davantage, passa de longues soirées en causeries familières avec lui.

Elle admirait au fond du cœur le grand caractère et les qualités de son « vieil ami ».

Elle s'enthousiasmait pour ses idées et, bien qu'il la dominât de toute sa supériorité intellectuelle, Yvonne voulut être de quelque chose dans ses travaux.

Jamais l'excellent homme n'avait été si heureux. Sa grande affection pour Yvonne, cette intimité de tous les instants de la journée avec elle, la robuste santé, la grâce du petit Robert le comblaient de joie. Trois années calmes et bénies s'écoulaient ainsi.

VII

Carnaval

Parmi les fêtes sans fin qui se succèdent à Nice pendant la saison d'hiver, la plus poétique, celle dont le caractère emprunte à l'Italie sa gaieté communicative et certaine allure de promiscuité qui confond dans une même foule joyeuse l'aristocratie et la plèbe, est la célèbre bataille des fleurs.

Sous ce doux ciel de France, qui voit éclore aux feux du même soleil les roses d'Antibes et les gendarmes haut bottés, au jour fixé pour la folle mêlée, un double piquet de cavaliers en tricornes, culottes de peau et baudriers d'ordonnance, se poste à chaque extrémité de la promenade des Anglais.

La foule s'échelonne sur les trottoirs, sur les degrés et sur les gradins élevés à son usage. Vingt orchestres installés sous des tentes multicolores rivalisent de virtuosité. Puis le canon éclate, annonçant l'ouverture des hostilités.

Les premières voitures s'avancent. Elles sont tendues de satin, et si complètement couvertes de bouquets qu'elles disparaissent sous la verdure. Les éventails, les ombrelles, les chapeaux, tout est en fleurs.

De temps à autre, une botte de roses prend son vol, décrit une courbe dans l'air et retombe au milieu d'une calèche, d'où part à l'instant même un autre bouquet, à l'adresse du premier assaillant.

Ces attaques et ces ripostes sont assez froides. Ce ne sont là qu'escarmouches, préludes de combat. Mais, patience !

Bientôt les équipages se font plus nombreux. Cela ressemble à un retour du bois, plus tassé, plus bruyant que celui qui sillonne chaque jour les Champs-Élysées. Des corbeilles de femmes exquises, roulant au petit trot, des nida de bébés à l'affût dans la mousse se croisent sur toute la longueur de la promenade.

Quelle revue à passer, pour un peintre, que celle de ces élégants équipages emportant sur les coussins une flore d'aristocratie où dix nations différentes font assaut de beauté — depuis les Gainsborough, les Reynolds blonds et roses, jusqu'aux pâles madones de Fra-Angelico ; depuis les immenses yeux rêveurs d'Andrea del Sarto, jusqu'aux mystérieuses mièvreries de Léonard.

En revanche, partout et toujours, l'homme ineffablement laid sert de repoussoir.

Alors, la bataille devient générale. On se bombarde d'une voiture à l'autre, à pleines poignées de roses, et les pauvrettes jonchent le sol, où des masques les ramassent.

Puis, ces officieux en emplissent des corbeilles pour renouveler les provisions.

Et dans cette fête des yeux, on s'attarde à regarder les adorables mouvements de retraite des combattantes, qui se font un bouclier de leur éventail, riant (et de quelles dents !) à demi ensevelies sous les jasmins de Grasse, les lilas blancs de Nice, les violettes de Parme... car tout le littoral a été mis au pillage pour ce jour de liesse.

A droite du champ de combat, la mer d'azur mugit et déferle.

A gauche se dresse une ligne ininterrompue de palais dont toutes les fenêtres sont des meurtrières, d'où pleuvent les projectiles parfumés.

Les éclats de rire, les provocations, les rencontres se prolongent jusqu'au soir. Après quoi, sur un coup de canon, cette foule fleurie s'écoule dans toutes les directions, formant un interminable et joyeux cortège.

A travers l'entrecroisement des équipages, celui du docteur regagnait lentement la villa.

Madame Mauclerc, entourée de ses fleurs favorites, surveillait tendrement les jeux du petit Robert, qui s'amusait, pour vider sa corbeille, à jeter des asphodèles au hasard sur la masse compacte des piétons, quand, avisant un passant d'une taille un peu plus élevée que les autres, et dont l'élégant pardessus frôlait presque les roues de la voiture, bébé l'atteignit en plein visage.

Le promeneur saisit le bouquet au vol. Il se retournait souriant. En apercevant Yvonne, il chancela, tandis qu'elle-même devenait blanche comme un cierge.

Cela dura l'espace d'un éclair.

La calèche s'éloignait au trot de ses bais bruns.

Au détour de la rue de France, madame Mauclerc, cédant à une impulsion irrésistible, tourna de nouveau les yeux vers l'apparition qui l'avait si étrangement médusée.

L'homme était toujours au même endroit, pétrifié sur place.

Comme la voiture disparaissait, il salua lentement.

Le docteur n'avait rien vu.

— Ventre à terre ! cria tout à coup Mauclerc au cocher. Ventre à terre ! Ma femme se trouve mal !

En effet, tout son sang affluait au cœur de la jeune femme. Ses lèvres bleuissaient. Elle se renversa en arrière.

— Qu'avez-vous, chère amie ? Cette poussière et ce bruit vous ont lassée, sans doute ?

— Rentrons ! répondit Yvonne à voix basse, tandis qu'elle interrogeait d'un œil farouche la longue rue poudreuse et presque déserte.

VIII

Voyage vers l'oubli

Le coup d'épée du comte Roger avait mis André Delamyre pendant deux mois entre la vie et la mort.

A peine revenu du long évanouissement causé par sa blessure, il avait violemment arraché les bandages appliqués sur sa plaie. Presque aussitôt, la fièvre le prit, suivie du délire.

Ses amis se relayèrent à son chevet avec un dévouement rare.

La marquise Stradella, que précédait toujours un parfum de violettes, venait souvent fleurir sa chambre de malade. Et dans sa robe de faille où bruissaient tous les frissons de la vie, dans ses yeux bleus où rayonnaient des promesses de joie, dans ses petites mains d'où se dégageait une saine fraîcheur de santé, elle lui apportait l'espoir.

L'oppression qui pesait si lourdement sur la poitrine du malade se dissipa enfin. Il put respirer librement. Il ne sentit plus des battements de cloches dans ses tempes. Son front cessa de brûler comme s'il eût contenu un bloc de fer rouge, et ses idées se nouèrent avec quelque cohérence.

Le convalescent put ébaucher de courtes promenades au bras de Castillac qui, sachant par expérience qu'André possédait une cave excellente, prenait tous ses repas chez le malade et s'était constitué sa sœur de charité.

— Vois-tu, lui disait le Gascon, on est bavard pendant la fièvre et, malgré moi, je me trouve être un peu ton confident sans que tu le saches. Je pense, entre nous, que l'air de Paris ne te vaut rien. Quant aux brumes de Normandie, il n'y faut point songer. Elles sont chargées de miasmes aphrodisiaques on ne peut plus contraires à ta santé.

Si tu m'en crois, dès que tu seras sur pied, nous bouclerons nos valises, et nous filerons par la tangente. Je n'ai jamais vu d'Italiennes que dans les tableaux d'Hébert, et je les soupçonne toutes d'être nées à Montmartre. Je rêve d'aimer une vraie fille du Transtevere. L'Italie est la Mecque des artistes. Guéris-toi vite, mon cher. Tu parles l'anglais, et moi le javanais. Ce sera bien le diable si nous ne parvenons pas à nous faire comprendre au pays des *si*.

Très pâle, très faible et très éteint, André se laissa emmener un beau matin dans un fiacre qui se dirigea lourdement vers la gare de Lyon. La petite marquise, dont il était allé prendre congé la veille, lui avait dit avec sa jolie moue :

— C'est dommage ! Vous partez au moment où vous deveniez vraiment intéressant !

Accompagné de Castillac, qui écrivait ses impressions de voyage pour le *Figaro*, André, après avoir vu, à travers les vitres du coupé retenu par son ami, les rougeurs de l'aube et celles du couchant empourprer la couronne neigeuse des Alpes, descendit harassé dans cette rectiligne et ennuyeuse ville de Turin, première étape de ce voyage.

Ils allèrent à l'Opéra, où on leur servit des ballets qui duraient quatre heures d'horloge, fumèrent un cigare dans le merveilleux « établissement » situé près de l'hôtel Persano, en sortirent écœurés, et partirent le lendemain pour Milan.

La vieille cité lombarde plongea Castillac dans une admiration verbeuse, non pas tant à cause de sa célèbre cathédrale que grâce à ses merveilleux vins de Barolla, à son « asti spumante » et à ses inimitables timbales au fromage. Cependant, mettant à profit les connaissances spéciales de son ami l'architecte, il écrivit sur le Dôme un article fort remarquable, qui le plaça d'emblée au premier rang parmi les critiques d'art.

La sombre Venise les reçut ensuite dans ses murs. Ils virent ces palais croulants qui portent à leur fronton les écussons de la première noblesse du monde. Ils contemplèrent celui des Borgia, qui abrite un mont-de-piété, et la fière demeure des Manin, devenue une salle de ventes ! Ils connurent enfin la tristesse des pierres.

Castillac découvrit au Rialto une marchande de polenta qui le mit tout sens dessus dessous.

— Figure-toi deux yeux noirs grands comme ça, une fossette dans chaque joue, et une bouche à y mourir d'amour ! La Joconde, avec beaucoup de cheveux et moins d'embonpoint que celle du Louvre ! Un idéal, mon cher !

— Vraiment ? Et que fait-elle ? demanda André, ne pouvant s'empêcher de sourire à l'exubérante admiration de son ami.

— Elle vend de la polenta. Ça se coupe avec une ficelle. J'en ai acheté. C'est très mauvais. Elle plaisantait avec deux quidams de mauvaise mine. Elle était d'ailleurs assez malpropre... Oh ! Je la reverrai ce soir.

Le lendemain matin, il rentrait à l'hôtel avec son chapeau défoncé, et plusieurs coups de couteau dans son paletot, dont l'un avait entamé l'avant-bras.

Ses explications furent succinctes :

— J'en ai jeté un dans le « canal grando ». Je ne suis pas très sûr qu'il sache nager. Quant à la dame, elle est exquise, mais elle est mal entourée. Si tu veux m'en croire, on va faire nos malles, pendant que tu appliqueras un peu de diachylon sur ce bobo. J'en ai assez de la Reine de l'Adriatique. Ça manque de tramways par ici. Les femmes ne sortent qu'en gondole et voilées... autant vaudrait vivre à Constantinople.

Ce fut Bologne qu'ils visitèrent ensuite.

La capitale de l'Ombrie, avec ses arceaux sévères et ses *signorite* en mantilles, les retint quelques jours. Puis ils se plongèrent en pleine Romagne, errant d'Imola à Rimini, de Rimini à Ravenne. Ce pays où l'indomptable race des Gaulois transalpins, mâtinée de pur sang latin, produisit cette effroyable et splendide noblesse italienne du Moyen âge et de la Renaissance.

Au milieu des cités encore pleines du souvenir des d'Este, des Sforza, des Malatesta, André se plongeait dans le passé pour oublier le présent. Ce pays le berçait de ses terribles légendes, comme on endort un enfant souffreteux avec des contes.

Son compagnon déclarait les salami et les jambons du cru les premiers du monde.

— En charcuterie, s'écriait-il, je préfère l'école Bolonaise. La mortadelle est à nos saucissons de Lyon ce que les tableaux de Guido Reni sont à nos Jouvenet... Mais avec tout cela, je n'ai pas encore trouvé sur ce terroir une seule femme digne de m'amuser. Cherchons LA FEMME. Je ne veux m'arrêter qu'à ses pieds.

L'express du lendemain les emporta à travers la chaîne des Apennins.

A tout instant, le monstre de bronze s'engouffrait dans les rochers. La montagne ouvrait ses flancs pour l'absorber.

Parfois on surplombait des précipices d'une désolation à ravir l'ombre de Salvator. De temps à autre, on voyait passer comme en un rêve quelque petit village blanc endormi sous une lueur lunaire, avec la tour carrée de son église, debout comme une sentinelle. A l'horizon se perdait la dentelure des hautes montagnes aux crêtes rougies d'un mourant rayon de soleil.

Du ciel limpide, quelques étoiles curieuses commençaient à regarder la terre. Tout en bas, d'autres lueurs vacillaient sur les flancs touffus des roches. Les pâtres commençaient leur veillée.

Rencoigné au fond du coupé, tandis que son ami pestait contre les exécrables cigares italiens, André, la tête dans l'ombre et les yeux clos, semblait dormir.

En présence de ce calme du soir tombant, il se souvenait d'un autre paysage, traversé jadis par lui à la même heure d'exquise mélancolie. Il entendait ce bruit lointain formé du bêlement des troupeaux, du cri des grillons, de la chanson des paysans attardés, qui semble planer sur la campagne au crépuscule. Il revoyait l'alignement irrégulier des gerbes de blé dressées sur le sol tondu.

Il sentait — oh! à pleines narines! — l'odeur grisante des meules de foin. Puis, il suivait en esprit une ombre qui était la sienne, une ombre enfiévrée, bondissant à travers les halliers, pliant les branches, rompant les jeunes pousses, haletante comme un sanglier rabattu. Enfin, au milieu de la verte clairière, non loin de la fontaine dont le murmure chantepleurait encore à ses oreilles, il contemplait la radieuse apparition d'Yvonne.

André se demandait maintenant avec étonnement comment il avait osé lui parler de son amour.

Il fallait que la jalousie lui eût fait perdre l'esprit; car autrement, il serait mort sur place, plutôt... Il se rappelait alors l'étreinte éperdue et silencieuse d'Yvonne. Il savourait le parfum de ses mains, de ses cheveux, de son haleine... Ah! qu'il faisait bon s'aimer ce soir-là! Oui! Il avait eu, en quelques instants, plus de bonheur que n'en contient souvent une existence entière!

Oh! comme il maudissait ce soir d'août! N'eût-il point mieux valu pour lui jouer l'indifférence, se contenter d'être l'ami de la jeune fille, et rester au

château. Et la printanière vision du petit atelier sous les combles lui revenait.
Il revoyait la baie vitrée, l'immense table de sapin blanc, couverte de plans
et de croquis, les chevalets dressés çà et là. Quelles bonnes heures matinales
il y avait passées, courbé sur des dessins, alors qu'il entendait le pas léger
d'Yvonne monter les marches... O! le pacte oculaire conclu entre eux, sans
l'échange d'une parole. O! ce cher rendez-vous tacite de chaque matin, auquel
ils ne manquèrent jamais, ni l'un ni l'autre. O! les suaves et correctes leçons
de dessin, entrecoupées de silences brûlants pendant lesquels, sans se parler,
tous deux n'avaient qu'une pensée commune ! N'eût-il pas mieux valu garder
tout cela ?

Mais non! ce n'avait pas été possible. Depuis que la Stradella l'avait
prévenu qu'on allait marier Yvonne, ce qu'il avait souffert était intolérable.
Cette robe, dont il n'osait effleurer la mousseline du bout des lèvres, un autre
pourrait la lui faire quitter! Il...

Castillac avait cru d'abord que son ami s'était assoupi. Mais au mouvement
fébrile de ses mains, qu'il tordait l'une dans l'autre, le journaliste comprit
combien son ami devait souffrir.

— Que t'arrive-t-il donc, mon cher André? Te sens-tu plus mal ?
demanda-t-il.

Delamyre se redressa. Quelques larmes brûlantes tombèrent sur la main
que lui tendait son camarade.

— Tu pleures? interrogea celui-ci. Tu penses donc toujours à cette folie
passée? Décidément, tu n'es pas fort. Éprouverais-tu un remords, par hasard?
Mon cher, à ton défaut, un autre l'eût cueillie. Toute femme est à qui ose la
prendre.

— Écoute, Gaston, répondit sèchement André, n'effleure jamais ce sujet
entre nous, si tu ne veux me voir oublier subitement tout ce que je te dois
de reconnaissance pour les nombreuses preuves de dévouement que j'ai reçues
de toi.

— Comme il te plaira, reprit Castillac. Mes lèvres seront désormais
scellées sur ce sujet. C'est comme si le notaire y avait passé. A Dieu ne plaise
que je sacrifie une amitié de vingt ans au plaisir de dire des femmes tout le
mal que j'en pense.

— *Firenze !* cria la voix des employés, comme le train s'arrêtait en
gare.

Ce fut là qu'ils se séparèrent.

Après quinze jours de promenades au lungh'arno, de chevauchées aux
Cascine, et quinze nuits partagées entre le bal et l'Opéra, une après-midi,

En apercevant Yvonne, André chancela...

Castillac héla son ami, qui était en contemplation sous la coupole de Brunelleschi.

— Séraphins, nuages, flammes et rayons, anges sonnant de la trompe et damnés qui se tordent, laissons tout cela, dit-il en l'entraînant bras dessus, bras dessous. Si tu as des idées de Campo-Santo, je n'en suis pas encore là.

Sais-tu d'où je viens ?... De l'église Saint-Jean. J'ai vu la coupole, le banc où s'agenouillait Béatrice. J'ai vu la galerie de marbre qui fait le tour de l'édifice. C'est de là que Dante dardait son regard d'épervier sur la blonde créature qui lui inspira tant de phrases ampoulées dont on ne voudrait aujourd'hui pas même dans la *Revue des Deux-Mondes !* Eh bien, mon cher, sais-tu ce que j'ai découvert ? Il n'y a jamais eu de Béatrice. C'est une invention de ce fumiste d'Alighieri ! La vraie Laure de Pétrarque, je n'en voudrais pas pour cuisinière... *L'autre !* elle n'a jamais existé. Ah ! tas de poètes que nous sommes ! Nous n'en faisons jamais d'autres ! Je lâche l'Italie. C'est trop solennel pour moi. On y est bourgeois dans le vice, et bête dans la vertu. Le diable emporte la beauté plastique. Il y a quelque chose de plus séduisant que la Vénus de Médicis. C'est une petite dame dessinée par Henry Somm. L'antique n'est pas spirituel. Le vrai chic naît, vit et meurt entre la Bastille et la Madeleine. J'y retourne à tire-d'aile. Adieu.

André l'accompagna jusqu'à la gare. Ils suivirent le cours de l'Arno. Des dômes, des tours carrées, de vieux ponts s'y miraient avec une majesté tranquille. Les eaux somnolentes se ridaient à peine aux arches de pierre. Le cœur dolent de l'architecte se plaisait dans ce calme. Il y souffrait moins qu'au milieu du tourbillon des boulevards.

Au moment de sauter dans le wagon-lit qui devait l'emporter vers le perron des Variétés, le journaliste regarda son ami dans le fond des yeux avec une certaine émotion.

— Tu as là-dessous, dit-il en touchant son gilet, une blessure qui saigne. Je t'ai vu pleurer, l'autre soir. Eh bien, mon cher, je donnerais tout au monde pour pouvoir souffrir à ta place... Oh ! ne me dis pas merci ; ce n'est pas par dévouement.

C'est par égoïsme. Je voudrais, au prix de ma vie, pouvoir regarder une femme avec tes yeux, l'admirer avec ton esprit, l'aimer avec ton cœur. Ça me rendrait mes quinze ans ! Que dis-je ? Je n'ai jamais eu quinze ans ! Au maillot, je crevais mes tambours, et j'éventrais mes poupées pour voir ce qu'il y avait dedans. Les uns étaient pleins de vide... Dans les autres, je trouvais de la sciure de bois... Hélas, j'ai toujours regardé les femmes de trop près pour y croire. Nous autres modernes, nous avons tué l'amour par le scepticisme, et nous l'avons remplacé par la volupté.

Ecoute, je vais rentrer à Paris. J'y retrouverai Nini Quillenfair. Dans quinze jours, quand elle m'aura mis à sec, je la cravacherai et je ferai les délices de Zizi Nénuphar. Voilà mon sort. Au moins, la divinité dont tu es le temple ne parle pas. — Grand avantage, pour une femme ! Ça lui évite de dire des bêtises. A certains moments critiques à nous imposés par l'existence terrestre, en ces instants où la Bête tire l'Ange par les pieds, elle se dérobe. Elle ne t'apparaît, enveloppée des parfums du souvenir, que lorsque, ayant « fait le ménage » de ton cerveau, tu lui as réservé une case propre, bien rangée, soigneusement époussetée de toute impureté, pour la recevoir dignement. Tu pourras l'adorer ainsi jusqu'à ce que tu meures de vieillesse, sans faire tort à personne. A elle moins qu'à tout autre. Ainsi ont vécu Dante et Pétrarque, ces farceurs! Crois-moi. Utilise ta veine. Et, puisque tu es le dernier amoureux de France, écris-nous quelque beau livre où tu mettras tout cet idéal qui t'oppresse. Encore n'ai-je guère de confiance. Pour faire de l'art, il ne faut pas « croire que c'est arrivé ». — Tu aimes trop sincèrement. Ton livre ne serait pas amusant. Bref, de nous deux, je crois que tu es le plus bête, et moi le plus malheureux.

Ils s'embrassèrent. André rentra seul chez lui, avec un soupir de soulagement. Le départ de Castillac lui causa une sorte de satisfaction.

Un tel changement s'était opéré dans la nature de l'architecte, depuis son retour de Normandie et depuis son duel, qu'il ne se sentait plus monté au diapason de ce joyeux viveur. Il était las des contorsions et des grimaces de cette légion simiesque qui soupe chez Bignon, bâille aux premières, parie, joue, fait du paradoxe son raisonnement normal, et crèverait plutôt que d'admettre qu'il peut exister quelque chose de pur et de grand quelque part.

Loin de l'immense et contagieuse névrose qui sévit sur Paris, un apaisement lui venait au milieu de ces sombres palais sur les créneaux desquels dix siècles de gloire et de génie semblaient rêver.

La névrose est le mal des peuples-filles. Au milieu des Uffizi, dans le coudoiement journalier de tout ce que le génie humain assis dans sa puissance a produit de plus noble et de plus mâle, André Delamyre sentait ses instincts d'artiste se réveiller. Une sorte de sérénité lui rafraîchissait l'esprit pendant qu'il s'abîmait dans ces contemplations.

Il put enfin se remettre au travail.

Il renoua des relations autrefois commencées par lettre entre lui et le chevalier Ferrucci. L'excellent homme, avec une urbanité toute florentine, lui ouvrit la bibliothèque Laurenziana. Il passa désormais le meilleur de son temps dans ces salles claustrales, écrivant à la lueur des splendides vitraux raphaélesques, auprès du vieux chevalier, dont les cheveux blancs et la face diaphane faisaient penser involontairement à la statue de marbre que la postérité lui élèvera un jour dans ces murs où règnent l'étude et le silence.

Deux ans s'écoulèrent ainsi, pendant lesquels il écrivit un important ouvrage sur la *Florence des Médicis*, dont il exécuta lui-même tous les dessins.

Pendant ce temps, il resta sans nouvelles de Normandie. Il ignorait la grossesse d'Yvonne et son mariage. La marquise Stradella, indignée de son abandon, l'avait définitivement classé dans la catégorie des « jolis lâcheurs » et boudait sérieusement.

A deux ou trois reprises, Castillac avait écrit « à son cher bénédictin » pour lui envoyer quelques bouffées de l'air du boulevard. Les réponses d'André lui avaient paru si froides, si réservées, qu'il avait enfin cessé de correspondre avec « cet ours » et « cet ingrat ».

André s'était énergiquement interdit de rêver à mademoiselle de Courte-Heuse. Sentant toute l'inanité de ses espoirs, comprenant combien son influence sur la vie de sa maîtresse pouvait être funeste, il essayait de fuir sa propre pensée. Mais lorsqu'il errait durant de longues heures aux Uffizi, cette image hantait son esprit comme une ombre inquiète. Toutes les blondes figures du Bronzino, la Judith d'Allori, le regardaient du fond des cadres avec les yeux d'Yvonne.

Quand il eut écrit au bas de son manuscrit ce mot : *Fin*, que l'auteur trace toujours avec un immense soupir de soulagement, le jeune homme, malgré la satisfaction qu'entraîne la production d'une œuvre, ressentit une telle fatigue cérébrale qu'il résolut de passer quelques mois en villégiature.

Il partit d'abord pour Gênes, et de là pour Menton, où il loua un petit chalet enfoui sous les roses. Il y vivait depuis quelques mois, quand l'annonce des fêtes du carnaval, toujours si brillantes à Nice, éveilla chez lui la fantaisie de passer quelques jours dans cette ville.

Comme il revenait d'une promenade, il reçut sur la joue le soufflet qu'un bambin rose lui donnait avec des fleurs.

En levant la tête, il reconnut Yvonne. Et violemment, la fièvre brûlante qu'il avait mis trois années à combattre, l'enveloppa de nouveau, comme un manteau de flammes, de la plante des pieds à la racine des cheveux.

IX

Le Dernier Rendez-vous

Le choc reçu par madame Mauclerc l'avait bouleversée.

En revoyant André, son cœur avait d'abord volé vers lui, puis s'était arrêté dans cet élan, comme un pauvre oiselet ficelé par une patte. Ensuite, une violente réaction avait eu lieu. Elle s'était souvenue avec terreur que ce revenant était l'ennemi de tous ceux qui l'entouraient de leur affection.

Elle avait jeté autour d'elle un regard éperdu, muet appel implorant protection. Enfin, sa pensée retournant vers l'apparition d'André, l'avait revu pâle et triste, pareil à la statue du désespoir, au milieu de la cohue carnavalesque, et l'avait remplie d'une immense pitié.

Bientôt, la passion se dressa révoltée dans son cœur. Tout le reste disparut. L'épouse, la mère, furent oubliées. *L'innamorata* resta seule.

Ce fut comme le souffle dévorant du simoun qui passe... L'amour, pareil à Lazare, souleva sa pierre tombale avec un cri de triomphe. A cette clameur, le frêle tissu à grand' peine ourdi par l'affection du docteur, par la tendresse de la comtesse et par les baisers de son enfant, pour la retenir et pour la fixer dans le havre de grâce où elle s'était réfugiée, ces rets tramés par de pieuses mains se rompirent et s'envolèrent comme des fils de la vierge, sous la première poussée de l'ouragan que déchaîna la vue d'André dans son âme.

Ce paroxysme d'exaltation dura toute la nuit. Mille sentiments combattaient en elle. Elle se débattait en vain sous l'attirance irrésistible de cet homme que sa religion, l'austère réprobation du comte, la ferme droiture de Mauclerc, lui signalaient comme son mauvais génie, et comme la vivante incarnation du mal et de la honte.

Oh ! il l'aimait toujours ! Elle en était sûre.

L'altération de son visage, quand il l'avait reconnue, le lui avait bien prouvé. Pourtant, depuis leur séparation, qu'était-il devenu ? Qu'avait-il fait ?

Et tout à coup le renoncement, l'indifférence, pour ainsi dire, affermis par trois ans de résignation, faisaient place chez elle à des accès d'une jalousie déchirante. Pourquoi n'était-il jamais revenu au château depuis ce soir de septembre où elle s'était donnée à lui, au chant d'un rossignol, dans l'ombre de la grotte aux sylvains? Oui, pourquoi? Car elle eut alors tout quitté pour le suivre et pour vivre sa vie.

Quand le matin blafard vint blanchir ses courtines, Yvonne était aussi brisée que si elle avait lutté la nuit entière contre les étreintes d'un spectre. Une terreur la glaçait comme à l'approche de quelque nouvelle et irrémédiable catastrophe.

Agitée d'un frisson nerveux, elle se mit au bain. Puis, rapidement, elle se fit habiller.

Le baiser accoutumé que lui donna le docteur lui fit mal. Elle avait soif de silence et d'accalmie.

Elle prit un livre, une ombrelle, et s'en alla par la ville.

Il y a des actions instinctives dont on évite de sonder le vrai mobile. Quel besoin la poussait à sortir sitôt? Le désir de se mêler à la foule, de ne pas rester seule avec ses pensées, de fatiguer, de briser le corps pour dompter l'esprit... *l'ivresse inavouée de respirer le même air que lui; l'espoir vague, mêlé de crainte, de l'entrevoir encore, ne fût-ce qu'une minute.* Ces deux dernières raisons restaient ensevelies sous une montagne de précieux prétextes, mais c'étaient les vraies.

Le cours de la promenade était encore jonché de verdure. Partout, l'âme des fleurs foulées la veille flottait dans l'air, emplissant l'esprit de mélancolie. Car le parfum des roses mortes transmet au cerveau, par l'odorat, la même sensation que, dans la symphonie des couleurs, le violet lui procure par la vue. Ainsi, tout à coup, Yvonne se sentit une grande envie de pleurer. Elle aurait voulu fuir sur la colline, là-haut, s'asseoir parmi les ruines du château des comtes.

Le porche de la cathédrale la couvrait alors de son ombre. Un chant d'orgue doux et triste l'appelait du fond de la nef. Elle entra.

Oh! les bruits graves, répercutés dans l'abside. Oh! la coupole emplie d'ombre, où rayonnaient les vitraux d'un violet mystique et, près du baptistère, les tableaux de Ribera, si sombres...

Rien n'était changé depuis le jour de son mariage. Les deux anges dorés, aux ailes ouvertes, se tenaient toujours à genoux de chaque côté du maître-autel.

A gauche, il y avait un recoin plus parfumé que les autres, où lis, cierges et mousselines chantaient toute la gamme des blancheurs. Des flambeaux brûlaient. Des voix de jeunes filles, des voix *en velours*, alternaient avec le chant des orgues.

Ce fut près de cette chapelle qu'Yvonne alla s'agenouiller.

La messe s'achevait. Des parfums d'encens montaient sous les arceaux gris, prédisposant l'âme aux extases contemplatives. Des murmures mouraient, au fond des voûtes. Les officiants s'éloignèrent en procession. L'église se vida lentement. Yvonne, à demi couchée sur son prie-Dieu, la face couverte de ses deux mains, s'abîmait dans sa rêverie avec la sensation du vertige.

Soudain, un effluve chaleureux enveloppa tout son être. Elle tourna lentement la tête, avec la certitude inexplicable de voir André.

Il était là.

Yvonne le regarda sans faire un mouvement, sans une exclamation, les prunelles dilatées, la bouche entr'ouverte.

Il était debout près d'elle. Si près que leurs vêtements se touchaient. Son front mortellement pâle était incliné sur sa poitrine.

Yvonne resta à genoux.

Ils avaient tellement pensé l'un à l'autre depuis la veille au soir, qu'ils ne s'étaient pour ainsi dire pas quittés. Elle l'aperçut sans étonnement. Sentant toute la solennité de cette entrevue, ils se recueillirent.

André parla le premier.

— Je vous jure, Yvonne, dit-il, que le hasard seul m'a mis en votre présence hier. Je ne vous cherchais pas. Quand j'ai quitté le château de Campalley, sur l'ordre du docteur, qui avait surpris notre secret, je me suis retiré chez moi, à Paris. J'attendais toujours un signe de vous m'indiquant que vous n'aviez pas oublié mon existence : une ligne du docteur, un bout de ruban, un pétale de fleur m'aurait alors rendu la vie... Parfois même, dans ma folie, j'allais jusqu'à espérer vous revoir vous-même. Je rêvais d'une fuite à deux... C'est votre père qui est venu.

— Que dites-vous?

— Vous devez le savoir aussi bien que moi. Instruit par vous ou par M. Mauclerc, le comte Roger s'est présenté chez moi. Il savait tout. Il m'a provoqué.

— Comment? mon père?

— Que m'importait la vie? Votre silence envers moi, l'aveu que vous aviez dû faire à votre père et qui motivait le cartel du comte, tout indiquait de votre part un repentir que je n'avais pas le droit de blâmer. Ma mort était la seule solution que je pusse envisager d'un œil tranquille. Je ne me suis pas défendu sur le terrain.

Si l'épée du comte de Courte-Heuse ne m'a pas troué le cœur, c'est que j'étais réservé pour d'autres souffrances. Dès que je revins de mon premier évanouissement, je recouvrai assez d'énergie nécessaire pour arracher le pansement de ma blessure. Puis, la fièvre me prit, et pendant trois mois...

Yvonne sanglotait dans son mouchoir, qu'elle mordait.

— Dès que j'ai pu me tenir debout, l'on m'a emmené en Italie. J'ai vécu à Florence jusqu'à ces derniers jours. J'ignorais votre présence à Nice quand j'y suis venu. Si ma vue vous cause quelque chagrin, si elle vous rappelle un souvenir douloureux, pardonnez-moi, Yvonne. Je suis si malheureux !

Il se tut. La jeune femme releva la tête.

— Ainsi, dit-elle, le regardant de ses yeux noyés d'ombre, où ses larmes, sous la lueur des vitraux, ressemblaient à des améthystes, ainsi vous ignorez tout... tout ce qui s'est passé depuis votre départ du château ?

André fit de la tête un signe affirmatif.

— Mon Dieu, mon Dieu ! Comment lui dire ?... Mon ami, moi aussi j'ai voulu mourir. Deux mois après votre subite disparition, ayant acquis la certitude que bientôt ma honte éclaterait à tous les yeux, sans nouvelles de vous, n'osant même prononcer votre nom, j'ai bu du poison.

André jeta un cri sourd.

— Cela ne foudroie pas, malgré ce que l'on dit, reprit Yvonne avec un sourire triste comme une phrase de Chopin. Peut-être que j'en ai trop mis... Mauclerc m'a sauvée. Je lui ai tout avoué. Il savait que j'étais enceinte... C'est lui qui m'a accompagnée à Nice, avec ma mère et l'abbé ; c'est lui qui s'est chargé de prévenir mon père...

— Ah ! je devine ! s'écria l'architecte, sur la physionomie duquel passait un rayonnement. Cet enfant, le joli enfant de la voiture...

— C'est notre fils, André !

Ayant prononcé ces paroles, Yvonne, qui s'était levée, cacha son visage dans la poitrine du jeune homme.

Il la baisa longuement sur les yeux, buvant ses larmes avec ivresse. Elle se dégagea de son étreinte.

— Mon Dieu ! dit André, m'accorderez-vous cette joie de voir et d'embrasser mon enfant ?

La jeune femme ne répondait pas, ses regards restaient rivés aux dalles de l'église. Un pouvoir surhumain scellait ses lèvres. Elle ne pouvait achever sa confession.

Delamyre l'avait entraînée à l'ombre d'un pilier qui les dissimulait aux quelques rares fidèles agenouillés çà et là.

Il reprit avec véhémence :

— Vous m'aimez toujours, je le vois, je le sens, Yvonne ; ce n'est pas le hasard, c'est Dieu qui a voulu cette rencontre. Nous avions trop souffert. Il a pitié de nous. Il suffisait, il y a trois ans, d'un élan d'énergie de votre part pour nous affranchir des liens qui s'opposent à ce que nous vivions désormais en plein ciel. Oh ! ne nous aimons-nous pas plus que nous n'aimons l'estime du monde ? N'avons-nous pas le droit de haïr, de mépriser à notre tour cette société hypocrite ? Ne valons-nous pas mieux qu'elle ? Emportons notre enfant, et cherchons, loin de ce pays, une oasis où nous vivrons l'un pour l'autre, entourés d'inconnus et d'indifférents. Dites, le voulez-vous ?

Comme il parlait ainsi, le tableau du bonheur évoqué semblait se dérouler aux yeux d'Yvonne. Un vague sourire errait sur ses lèvres.

Elle lui abandonnait ses mains. Quand il eut achevé, elle secoua la tête et prononça faiblement :

— C'est impossible !

— Ah ! s'écria-t-il d'une voix altérée, il y a quelqu'un au-dessus de moi dans votre affection. Qui pouvez-vous aimer plus que votre enfant et...

Elle lui mit sa petite main blanche sur la bouche.

— Taisez-vous, dit-elle tout bas. Vous me tuez !

Elle était si blanche qu'il la soutint dans ses bras, de peur qu'elle ne tombât sur les dalles.

— Ecoutez, André, murmura-t-elle. Nous ne devons plus nous revoir.

— Hier, cela se pouvait, aujourd'hui il est trop tard.

— Au nom de notre amour, il le faut.

— Je refuse, répondit le jeune homme, avec une détermination que l'on sentait irrévocable.

Elle joignit les mains et l'implora comme un dieu.

— Si vous saviez ce que je souffre, dit-elle, vous auriez pitié de moi !

Il l'attira contre sa poitrine et, sentant toute la force de son ascendant sur cette frêle organisation, il dit très bas, la regardant au fond des yeux :

— Nous irons nous cacher dans quelque mystérieuse ville de Toscane. Là, nous aurons une petite maison et un grand jardin où notre enfant jouera dans la verdure ; où tout le jour nous nous aimerons, comme cela... comme cela...

Et il baisait ses cheveux, car la jeune femme, penchant la tête, lui refusait ses lèvres, qu'il cherchait.

(Liv. 11)

Un « hum ! » sonore les fit tressaillir.

En levant les yeux, ils virent, à vingt pas d'eux, le suisse immense, empanaché comme un palmier, qui, appuyé sur sa canne à pomme d'argent, les lorgnait sévèrement.

Le gardien du saint lieu semblait fort scandalisé par ce monsieur dont les moustaches brunes, instruments de propagande anti-religieuse, ravissaient de tendres brebis au nez même de la Vierge et à la barbe de saint Joseph.

Yvonne rabattit une triple voilette sur son visage. Cet homme chamarré était précisément le même qui avait guidé ses pas tremblants vers l'autel, le jour où elle était devenue madame Nauclerc.

Elle se leva et sortit précipitamment de l'église.

Delamyre la suivit.

Lorsque l'oiseau se débat sous la fascination du serpent, il suffit d'une baguette placée entre les yeux du monstre et sa proie pour rompre le charme. L'oiseau reprend sa volée.

Puisque cette scène avait eu l'église pour théâtre, la comparaison ne nous semble pas déplacée. La lourde canne de l'officier de sacristie avait, en frappant les dalles, opéré le même miracle. Elle avait rendu quelque liberté à l'esprit d'Yvonne.

Quand elle se trouva sur le parvis, environnée de bruit et de soleil, il lui sembla qu'elle sortait d'un rêve.

— Adieu, dit-elle, il faut que je retourne... On serait inquiet. Ne cherchez pas à me suivre. Ne m'accompagnez pas si vous ne voulez pas déchaîner sur ma vie un malheur plus grand que le premier.

— Je vous obéis, Yvonne, répondit André. Mais il faut — vous m'entendez ? — il faut que j'embrasse mon fils... notre enfant. Je vous attendrai demain à deux heures, dans la prairie qui se trouve au bout de la France, et qu'un rideau d'eucalyptus ombrage du côté de la route ; ne me refusez pas cette entrevue, je vous en supplie, ou je me tuerai sous vos yeux.

— J'y serai, murmura la jeune femme. J'aurai le courage de tout vous dire. Ce sera la dernière fois.

Elle se jeta dans un fiacre et disparut. André Delamyre rentra dans sa chambre, qu'il arpenta toute la journée, parlant haut, pleurant bas, gesticulant seul, et montrant le plus profond dédain pour l'heure des repas, ce qui est l'indice certain des amours profondes sous toutes les latitudes.

. . . .

« Il y a loin de la coupe aux lèvres » est un dicton qui, comme tous les proverbes, contient un admirable résumé de l'expérience humaine. Seules,

les créatures inférieures ou mal équilibrées se ruent à l'assouvissement de leur passion sans se préoccuper des conséquences. Les natures d'élite ne sont pas toujours assez fortes pour réprimer les écarts de la folle du logis qui, livrée à elle-même, s'échappe à travers le rêve. Mais une fois en présence de la réalité brutale, au moment d'embrasser le parti définitif, de franchir le Rubicon en laissant derrière soi des pleurs et des ruines, souvent elles hésitent et s'arrêtent.

Les malades sont égoïstes, et les amoureux sont des malades. Dans le délire de la nuit précédente, tout ce qui existait en dehors d'André s'était effacé de l'esprit d'Yvonne. Son organisation nerveuse et poétique la prédisposant à magnifier, à grandir démesurément l'objet de ce culte, son pauvre cœur allait vers lui d'un vol extatique, comme ces phalènes que la flamme éblouit, attire et dévore.

Elle était sortie le matin, l'esprit bourrelé de ses pensées. Mais à peine s'était-elle trouvée en présence d'André (qui l'ayant aperçue, l'avait, comme je l'ai dit, suivie dans la cathédrale), qu'un fantôme couronné de cheveux blancs, portant haut le front sévère de Mauclerc et tenant le petit Robert dans ses bras, s'était dressé obstinément entre les deux amants.

Yvonne, sous l'obsession de cette image, avait ouvert la bouche pour déclarer à l'architecte qu'elle ne s'appartenait plus. En voyant son émotion, elle n'avait pas osé terminer ses confidences, mais elle se jura en le quittant de tout lui dire le lendemain.

Quand la jeune femme rentra chez elle, la salle à manger, claire et gaie, bruyait telle qu'une ruche d'abeilles au temps des primevères. Mauclerc, l'abbé, la comtesse étaient à table. La nurse jouait avec bébé dans le fond de la pièce.

Une exclamation joyeuse salua la jeune mère, tandis que le petit Robert courait se jeter dans les plis de sa robe.

— Ma foi, chère enfant, nous allions déjeuner sans toi, dit joyeusement le docteur, pendant que toutes ses rides remontaient vers le haut de son visage, dans un clair sourire.

— D'où viens-tu donc, mignonne ? interrogea la comtesse avec tendresse, comme sa fille baisait ses cheveux blancs.

— Encore quelque bonne œuvre inédite, sans doute ? dit l'abbé Mathieu en attaquant son œuf à la coque.

Yvonne balbutia un prétexte : sa migraine de la veille... Une visite à de pauvres gens.

— Eh bien ! dit Mauclerc, qui faisait sauter bébé sur ses genoux, voilà maman retrouvée! Figure-toi qu'il était inconsolable. Il criait comme un brûlé : « Plus de maman Zozo ! Plus de maman ! »

Yvonne, très attendrie, prit sa place au milieu de ces faces bénignes, à ce calme foyer d'où le mal et la souffrance semblaient bannis pour jamais, — où l'innocence de son enfant rayonnait et purifiait jusqu'aux pensées de tous autour de lui.

Oh ! combien la cour, semée de sable blond, lui semblait tranquille à regarder ! Le grand chien Toby tirait désespérément sur sa chaîne, éploré de ne pouvoir lécher sa main. — Et quel bon accueil lui faisaient ses arbres familiers, dont le feuillage avait pour elle un murmure... « Quitter tout cela ! »

Faire banqueroute à toutes ces confiances, couvrir de honte cet homme qui, pour sauver son honneur, *à elle*, l'avait fait sien !

Rompre brusquement, à jamais, les liens qui l'attachaient à son passé de jeune fille, à sa famille. Passer l'éponge sur tous les chers souvenirs de jadis !

Et dans un éclair, la face noblement irritée du comte Roger de Courte-Heuse lui apparaissait, les traits ravagés, les yeux caves, errant comme une ombre inquiète et solitaire, dans les plaintifs corridors... là-bas !

Le contraste de la vie calme qui l'entourait avec la tempête qu'elle sentait gronder en elle lui semblait une torture de plus.

Pour échapper aux regards investigateurs de son mari, qui remarquait l'état d'agitation où elle se trouvait, Yvonne se réfugia dans sa chambre.

Elle tira les rideaux, s'assit dans l'ombre, et pleura librement toutes les larmes de ses yeux.

Cette nuit-là ne fut pas moins agitée que la précédente. Mille projets, les uns fous, les autres sages, se nouèrent et se dénouèrent dans le cerveau de la jeune femme.

Elle songea d'abord à ne pas aller au rendez-vous du lendemain. Mais l'idée d'irriter jusqu'au délire le désespoir d'André, peut-être même la crainte de le voir entrer dans cette maison, pareil au spectre revenant de sa faute oubliée, la terrifia.

Elle irait donc, seule. Il fallait en finir. Le jeune homme avait le sentiment élevé du devoir et de l'honneur autant qu'elle-même. Leur chute avait été le résultat d'une surprise des sens. Elle lui déclarerait la vérité sur sa situation nouvelle, lui ferait prendre une résolution virile, digne de tous deux, et lui adresserait un adieu dernier.

Puis, elle se dit qu'il serait bien cruel de lui refuser de voir et d'embrasser

Ils virent le suisse empanaché, appuyé sur sa canne, qui les lorgnait
d'un air sévère.

son fils. Une fois, une seule ! Mauclerc lui-même, si elle pouvait le consulter, ne se montrerait pas inflexible.

D'ailleurs, la présence de l'enfant serait la sauvegarde de la mère.

Yvonne en vint, par degrés, à prendre le parti de se conformer en tous points au désir qu'André lui avait exprimé le matin même en la quittant.

Sans doute, tandis qu'elle réfléchissait ainsi sans pouvoir clore la paupière, un mystérieux lutin blotti dans ses rideaux suivait en ricanant le fil de ses pensées. Celui qu'Edgar Poë appelle quelque part « The Imp. of the Perverse » se donnait droit de prise sur ce beau corps renversé.

Hélas, que j'en ai vu des jeunes femmes, que j'en ai vu partir armées en guerre comme Minerve, pour prêcher l'austère et morose devoir, qui restaient prisonnières désarmées aux mains de l'ennemi. O ! suprême défi jeté à l'altière nature : une pêche rouge et parfumée exhortant au jeûne, une flamme ardente conseillant le froid ! Une jeune femme, l'âme troublée de désirs, prêchant le renoncement aux joies d'amour !

Éteins tes yeux qui rayonnent, pauvrette ! Raffermis ta voix qui tremble... Empêche ta gorge de bondir, sous l'oppression délicieuse de l'ennemi adoré. Ordonne à tout ton corps de mentir... Tes jambes se dérobent... Un nuage s'étend sur ta vue. Dans quels bras es-tu donc ? Quelles lèvres ont trouvé les tiennes et s'y abreuvent de délices ? C'est lui ! Lui ! Ah ! Dieu tout-puissant !

Enfin, le sommeil était venu. Le sommeil traître pendant lequel, l'âme restant sans défense, la volonté cède.

Ses sens eurent la ressouvenance des voluptés connues, lorsque le rossignol égrenait ses mélodies du crépuscule, près de la grotte aux sylvains.

Le plaisir, rose incube évoquée par la nuit, s'abattit sur la neige de son corps, comme s'il en eût voulu faire de la fange.

X

L'Outrage

Le matin suivant, madame Mauclerc descendit à l'heure accoutumée dans la salle à manger. Le docteur remarqua la fatigue qui creusait un double sillon sous ses yeux. Il la gronda doucement.

— Tu lis trop tard, ma mie. Ce méchant livre t'absorbe à l'excès. Il faudra le brûler.

Du doigt, il indiquait un volume, *M. de Camors*, d'Octave Feuillet, qu'Yvonne tenait à la main.

— C'est un tissu d'invraisemblances, déclara l'abbé en dépliant sa serviette. Je l'ai parcouru l'autre jour, je n'ai pas pu aller jusqu'au bout. Il y a là-dedans une jeune dame honnête, remplie d'estime pour son mari, qui est le meilleur des hommes... Eh bien, elle se livre à un viveur, ami de ce dernier, et succombe, malgré sa vertu, dès le premier choc...

— Mon cher abbé, dit pensivement Mauclerc, l'âme des femmes semble incompréhensible aux prêtres. Elle l'est moins aux médecins, qui étudient son enveloppe. De tels faits s'expliquent physiologiquement. Et le désespoir de cette femme qui, dans le roman dont vous parlez, meurt, je crois, du souvenir de sa faute, est aussi probable que le reste.

— Et à quoi concluent MM. les docteurs ? demanda l'abbé.

— Ils concluent, comme MM. les prêtres, répondit Mauclerc, à l'indulgence et au pardon.

Une sorte de contrainte pesait sur la conversation. Le directeur de conscience de la comtesse s'aperçut un peu tard, qu'il venait de commettre une bévue. Le fait, malheureusement, n'était pas rare de la part de ce simple esprit.

Chez les familles qui ont ce qu'en argot de journaliste on appelle « un cadavre dans le passé », il suffit d'une phrase prononcée étourdiment pour que le cadavre surgisse et montre sa face camuse.

Le souvenir de la faute d'Yvonne, rappelé par la maladresse de l'abbé, planait dans l'air et causait une gêne générale.

Le déjeuner s'acheva presque silencieusement, malgré les éclats d'une gaieté factice, affectée par la jeune femme.

Mauclerc semblait préoccupé.

Après le café, il donna l'ordre d'atteler. Yvonne eut un tressaillement involontaire.

— Vous sortez, mon ami ?

— Oui, répondit le docteur. Madame de Beauchamp m'a fait appeler ce matin. J'ai reçu un télégramme. Je vais la voir à Château-Plaisance.

— Mignonne, dit madame de Courte-Heuse, si tu veux, nous irons promener Robert sur la jetée.

— Chère maman, répondit Yvonne, vous oubliez que vous avez promis une séance au peintre qui a commencé votre portrait pour le Salon. Faites-vous belle, et allez poser. Ce tableau n'avance pas. Je vous rejoindrai dans une heure avec la nurse et bébé. L'abbé vous accompagnera.

Ayant ainsi éloigné tout le monde, madame Nauclerc fit une toilette sombre, piqua une rose thé dans sa brune chevelure, installa maître Robert dans son « perambulator », et s'éloigna en compagnie de la bonne. Une grosse fille du comté de Kent qui avait pour mission d'apprendre au bambin à bégayer la langue de Shakespeare. Cette dernière poussait devant elle la frêle voiture d'osier.

Master Robert possédait la plus rose petite frimousse qu'ait jamais brossée le pinceau de Reynolds.

Ses joues fermes, sur lesquelles les baisers de sa mère et ceux du docteur trouvaient toujours des traces de confitures, étaient insolentes de santé. La vue de ses grands yeux rieurs eût suffi pour guérir un hypocondriaque. Il avait autour du front une auréole de boucles folles avec lesquelles les zéphires du jardin jouaient à loisir tout le long du jour. Ses bras ronds étaient brunis du soleil. Bref, d'après l'opinion de sa nounou, on ne pouvait voir un plus magnifique *boy*, même en Angleterre. Mais l'impérieuse vérité nous oblige à confesser que c'était en même temps le plus terrible tyranneau qui ait jamais régné en maître sur les cœurs d'une famille entière.

Aussi, à peine la petite voiture dans laquelle il trônait avec la majesté d'un roi fainéant, avait-elle parcouru la moitié du chemin poudreux qui mène à la prairie où Delamyre devait attendre Yvonne, que déjà master Robert, battant l'air de ses menottes parsemées de fossettes, déclarait par une suite de rugissements passant du grave au suraigu, son profond dédain de la locomotion en équipage, et sa formelle intention de mettre pied à terre.

Ce fut donc, campé sur ses courtes jambes, et donnant gravement la main à madame sa mère, que bébé consentit à continuer sa promenade, tandis qu'Annie suivait en traînant la voiture vide.

Appuyé contre le tronc noueux d'un sycomore, Delamyre, venu trop tôt au rendez-vous, s'enfonçait les ongles dans la poitrine et piétinait sur place.

Il vit s'avancer de loin ce groupe exquis de la jeune mère penchée vers son enfant, et réglant son pas sur celui du petit être, que lui, André, appelait depuis la veille avec des sanglots.

Son premier mouvement fut de s'élancer à leur rencontre. Puis, apercevant la nurse et craignant de compromettre Yvonne aux yeux de ses gens, il se contraignit à les attendre, tout en les dévorant des yeux.

Pour quelques hommes sinistrement prédestinés, la vie offre dans une même coupe le puissant nectar dont se grisaient les dieux et le poison glacé des vipères. André buvait lentement cette coupe.

En se rapprochant, Yvonne fut frappée de l'altération de son visage.

Le jeune homme et la jeune femme se saluèrent avec cérémonie.

— Nous pouvons causer, dit celle-ci rapidement. La domestique qui m'accompagne ne sait pas le français.

Puis, elle ajouta en anglais, s'adressant à la nurse :

— Annie, attendez-moi près de la route, nous allons retourner dans un moment.

Annie laissant la petite voiture échouée dans les hautes herbes, alla, selon l'ordre de sa maîtresse, s'asseoir sur un talus qui bordait le chemin.

Dès qu'elle eut tourné les talons, Delamyre se précipita sur l'enfant qui le regardait de ses grands yeux surpris. Il le couvrit de baiser fous.

— Comment s'appelle-t-il? demanda-t-il à Yvonne en reprenant haleine.

— Robert, répondit la jeune femme tout en pleurs.

— Robert, veux-tu m'embrasser? murmura le père d'un voix tremblante.

— Non, fit l'enfant en repoussant André de ses petites mains, avec un cri de douleur.

— Vous le serrez trop fort, vous lui faites mal, dit Yvonne. Laissez-le, mon ami, le temps presse. Il faut que je vous parle.

Delamyre déposa l'enfant dans l'herbe, où il se mit à jouer parmi les marguerites et les folles avoines.

Les prisonniers qui revoient le jour après une longue captivité ; les convalescents, lorsque, au bout d'une interminable maladie, ils font leur première promenade au soleil, ont une façon particulière de regarder les choses dont ils ont été longtemps séparés, comme s'ils en avaient oublié la forme et la couleur.

C'est ainsi qu'André couvait Yvonne du regard. Il s'emplissait avidement les yeux de ses traits, constatant avec une joie naïve la longueur de ses beaux cils, les petits signes bruns qui marquaient son teint de lait, admirant surtout, oh ! surtout, cette ineffable nuque où ses cheveux relevés se tordaient somptueusement.

Il avait pris les mains de sa maîtresse et l'attirait à lui.

Elle se dégagea avec énergie. On eût dit que ce contact la brûlait. Ses regards évitaient obstinément de rencontrer ceux du jeune homme.

— André, commença-t-elle d'une voix frémissante. Écoutez-moi. Vous êtes homme d'honneur, et vous m'aimez. Je m'adresse à l'ami autant qu'au gentilhomme. La folie commise il y a trois ans, folie dont mon innocence de jeune fille m'a faite la complice irresponsable, n'est plus possible aujourd'hui. Si nous voulons rester dignes l'un de l'autre, votre devoir est tout tracé. Il faut nous séparer... Vous allez quitter cette ville pour toujours.

— Yvonne, répondit Delamyre, il y a quelque chose de plus sacré pour moi que ces grands mots de devoir et de convenance avec lesquels on s'efforce de garrotter votre jeunesse. Ce sont là des bandelettes de momie qu'il faut rompre. L'âge a glacé les gens qui vous entourent. Ils voudraient vous coucher vivante dans leur sarcophage.

— Taisez-vous, oh ! taisez-vous.

— Non ! reprit l'architecte en se rapprochant. Votre bouche n'est pas sincère, quand elle me dit ces paroles de l'autre monde. Vos yeux la démentent, eux qui n'osent pas regarder les miens... Et c'est au moment même où je vous ai vue venir à moi dans un rayon de soleil, menant par la main cet adorable enfant, la fleur éclose de nos baisers, que d'un geste vous me renvoyez à ma nuit froide, à ma solitude sans espoir ? N'êtes-vous bonne et miséricordieuse que pour ceux qui n'ont à vous donner en échange de votre printemps parfumé que les brumes de leur hiver ? Ne savez-vous pas que je suis prêt à payer de ma vie une heure de la vôtre ?

— Je vous jure que je n'ai jamais souffert comme je souffre en ce moment ! Ayez pitié de moi.

— Pendant ces trois mortelles années, ne vous êtes-vous jamais rappelé le temps d'autrefois, au château, là-bas... N'était-ce pas la vie en plein rêve ? Elle peut recommencer pour nous demain, plus complète, plus enivrante... Vous n'auriez qu'à le vouloir, et vous la repoussez ? Yvonne, laissons le présent, enivrons-nous d'avenir ; ni vous ni moi ne sommes responsables des obstacles qui nous séparent... Faut-il donc qu'ils nous tuent ? Ah ! vous le voyez, je suis lâche, je pleure comme un enfant.

Il parlait avec cette véhémence que donne la fièvre. Elle lui jeta ces mots dans un cri de désespoir :

— Mais vous ne savez pas... Je ne m'appartiens plus, je suis mariée !

— Mariée !

Il chancela sous le coup.

La jeune femme reprit d'une voix à peine intelligible :

— Je ne suis plus Yvonne de Courte-Heuse, je m'appelle madame Mauclerc.

Elle se tut, voyant l'expression d'amer sarcasme qui bouleversa les traits d'André.

Un silence plana, pendant lequel on entendit la chanson mièvre du bébé qui poursuivait des papillons : Turlurette, matanturlurette...

Delamyre se ressouvenait de l'avertissement impérieux du docteur en ce terrible soir où, pour l'éloigner d'Yvonne, il lui avait dit, dans l'embrasure d'une croisée : « Monsieur, votre place n'est plus ici ».

— ... *Madame Mauclerc !* Ah ! il comprenait tout, maintenant !

Sa pâleur s'accentua davantage. Une sécheresse lui brûlait la gorge. Il restait sans paroles.

L'âpre jalousie de la chair, celle qui fait hurler Othello, lui tenaillait le cœur.

Quelle dérision! Cette femme dont il aurait baisé la trace dans la poussière du chemin, elle était à un autre, à présent! Et à quel autre!

Le rire qui jaillit de sa poitrine semblait éclater derrière la grille d'un cabanon.

Yvonne, terrifiée, joignit les mains. Elle allait continuer son explication, quand l'architecte s'inclina, et dit enfin avec ironie :

— Mes compliments, madame.

Cela sonnait comme une insulte. La jeune femme rougit et se tut.

En cet instant, la voix claire du petit Robert cria joyeusement :

— Papa! voilà papa!

Mauclerc, qui avait longé le rideau de platanes bordant la prairie à droite, s'avançait vers Yvonne, suivi de la nurse.

A deux cents pas, la calèche du docteur était arrêtée sur la route.

A peine Mauclerc jeta-t-il un regard sur André. Il se tourna vers sa femme, et d'une voix tremblante :

— Pour faire ce que vous faites là, dit-il, il fallait attendre que je fusse mort.

— Oh! mon ami!... balbutia la jeune femme, prête à s'évanouir.

— Vous portez mon nom, reprit son mari d'un ton plus ferme. Je vous ai confié la garde de mon honneur.

— Ton honneur? Misérable!!!

D'un bond de tigre, André s'était jeté sur lui et le frappait à la joue.

Dans la furie de son élan, il avait heurté le corps du docteur comme un projectile, mais il ne l'ébranla pas plus que s'il eût rencontré une muraille.

Les mains osseuses de Mauclerc se fermèrent sur ses poignets, et les emprisonnèrent comme deux étaux de fer.

Les adversaires étaient maintenant face à face. Leurs regards se croisaient ainsi que des dagues.

André, pareil à don Juan, se débattant dans l'étreinte de marbre du commandeur, tordait ses muscles en des efforts surhumains pour se dégager, sans même parvenir à faire bouger son adversaire de la place où ses pieds semblaient scellés.

Sa rage, fouettée par la jalousie, et par le désespoir, touchait à la démence.

Il avait oublié la présence d'Yvonne, qui, agenouillée près de son fils, le serrait contre sa poitrine avec des cris d'effroi.

Il rugissait d'une voix rauque dont les éclats retentissaient au loin :

— Ah ! bandit ! tu auras beau faire, va ! Tu es mort d'avance. Et bien mort ! Tu ne m'échapperas pas, à moi, vil guetteur de dot, providence des filles repenties ! Endosseur d'enfants anonymes ! Tu te battras, monsieur le philosophe... Et je t'écraserai comme une bête visqueuse ! Et si mon soufflet ne suffit pas pour cela, tiens, voilà mon crachat !

Par un mouvement aussi violent que la décharge d'une torpille, Mauclerc repoussa son agresseur, qui, chancelant, alla tomber sur le sol, à quelques pas plus loin.

Puis, il prit son mouchoir et, lentement, s'essuya le front.

— Vous avez raison, monsieur, dit-il avec gravité, tandis qu'André, après s'être relevé, réparait le désordre de ses vêtements. L'un de nous deux est de trop. Il est temps d'en finir. A demain, n'est-ce pas ?

André lui tendit sa carte comme s'il eût craint de se souiller les doigts.

— Voici la mienne, fit le docteur en haussant les épaules.

Puis, du ton le plus naturel, il ajouta, se tournant vers sa femme :

— Venez, madame. Votre mère nous attend.

Yvonne ne répondit pas.

Renversée au milieu du gazon, elle avait perdu connaissance.

Delamyre voulut s'élancer pour lui porter secours. Un regard farouche du docteur l'arrêta.

— Ne la touchez pas ! Ne la touchez pas ! répéta celui-ci, ou sinon vous vivrez vingt-quatre heures de moins.

Robuste comme un chêne, il la souleva de terre et l'emporta vers la voiture.

Ébahie, mais silencieuse, Annie le suivit, tenant Robert dans ses bras.

Le valet de pied se mit à la tête des chevaux, et le cocher, sautant à bas de son siège, aida le docteur à déposer Yvonne sur les coussins.

— Voilà notre bonne madame comme elle était avant-hier au soir, dit-il. Il faudrait la délacer.

Mauclerc se servit d'un canif pour trancher le corsage d'Yvonne de bas en haut. Puis, ouvrant une élégante trousse dissimulée dans le coffre de la voiture, il en sortit un flacon qu'il plaça débouché sous les narines de la jeune femme.

Dès qu'Yvonne eut repris ses sens et qu'elle put jeter à l'entour un regard vague, son mari donna impérativement l'ordre du départ.

Le cocher siffla ses chevaux anglais qui partirent en un coup de vent.

Dans la prairie aux marguerites, debout près du petit carrosse d'enfant, oublié au milieu de la précipitation de cette fuite, André regardait, sur la route, ce tourbillon de poussière qui s'éloignait...

Donc, cette femme à laquelle, durant trois longues années, il avait consacré les meilleures de ses pensées, l'Yvonne qu'il avait adorée comme une madone, la jeune fille exquise de fraîcheur virginale qu'en une heure de surprise et de délirant abandon, il avait possédée sur un lit de fleurs, ayant le ciel bleu pour coupole, elle n'existait pas... Il n'avait aimé qu'une illusion. Castillac pouvait ricaner maintenant. Cette créature était la femme de ce barbon !

Voilà ce qu'il y avait, sous cette enveloppe de chairs blanches et de tresses brunes ! Sous ces yeux diamantés et magnétiques, sous le velours incarnat de ces lèvres végétait l'âme d'une petite bourgeoise qui s'accommodait tranquillement d'être madame Mauclerc et d'appartenir à ce sexagénaire ridicule !

Un sourire dont l'amertume eut fait peine à voir, convulsait les traits harmonieux d'André.

L'horrible soif du sang qui, à certaines heures de la vie, revient comme un souvenir ancestral brûler la gorge des hommes, troublait son cerveau.

Tous les amours : le charnel et l'idéal surexcités, fouettés, bafoués, rugissaient en lui.

C'était pourtant bien Yvonne qu'il venait de voir renversée sur l'herbe... avec la même pâleur, la même bouche entr'ouverte montrant l'émail éclatant de ses dents, avec le même regard mourant d'autrefois. Et le souvenir d'une autre pâmoison lui faisait palpiter les narines. Et songeant à l'ironique nature qui ne met pas d'âme dans de si beaux corps, il aurait voulu pouvoir fouler aux pieds son ancienne maîtresse.

— Ainsi, dit-il tout haut, voilà qui est bien. Les roses sont pour les chenilles.

Puis, au moment où la calèche disparaissait au tournant de la route, il étendit la main vers l'objet de son amoureuse haine et cria:

— Ah ! si seulement elle pouvait mourir !

XI

La Veillée d'Armes

Dès qu'ils furent arrivés à la porte de la villa, Mauclerc offrit son bras à sa femme, et, sans répondre aux questions de la comtesse, il la conduisit dans sa chambre.

La terrible scène précédente revenait confusément au souvenir d'Yvonne. Des bribes de conversation se renouaient dans sa mémoire. Enfin, elle put envisager la situation dans toute sa gravité.

Sa droite et noble nature lui dicta immédiatement le devoir à remplir. Elle attendait qu'elle fût seule pour rassembler ses idées et prendre un parti.

La physionomie de son mari avait revêtu une expression de froide implacabilité qu'elle ne lui connaissait point jusqu'alors. On sentait en lui une sourde irritation, d'autant plus effrayante qu'elle contrastait avec l'ordinaire sérénité du docteur. Devant ces bouillonnements d'une eau dormante, le cœur d'Yvonne se glaçait : que dire ? que faire ?

— Demain, madame, vous serez peut-être veuve, et par conséquent libre, fit Mauclerc. D'ici là, je vous demande le silence, et je vous prie de ne pas quitter cette chambre. Vous m'entendez ? je-vous-en-prie.

C'était un ordre formel. Jamais il n'avait adressé la parole à sa femme sur ce ton-là.

Elle inclina la tête sans répondre. Mauclerc sortit.

Il se rendit dans son bureau, ouvrit un secrétaire et écrivit le billet suivant :

« Mon cher ami,

» Va prendre chez lui le colonel Morelli et soyez tous deux ici dans une » heure. Il s'agit d'une affaire très importante qui ne souffre aucun retard.

» MAUCLERC. »

Ayant cacheté l'enveloppe, il sonna un domestique.

— Portez cette lettre chez M. Rabutin, l'artiste peintre, dit-il d'une voix brève. Faites vite et ne revenez qu'après l'avoir remise à lui-même.

Une heure plus tard, les deux amis du docteur ayant déambulé quelques instants avec lui par les allées du jardin, partaient ensemble pour s'acquitter de leur mission.

Ils revinrent après dîner, s'enfermèrent avec leur vieil ami et lui rendirent compte du résultat de la démarche qu'il leur avait confiée.

M. Delamyre, en apprenant le but de leur visite, les avait immédiatement présentés à deux officiers français, habitant comme lui l'hôtel des Hespérides. Les conditions du docteur étaient acceptées sans discussion.

La rencontre devait avoir lieu le lendemain matin à six heures, dans une campagne des environs qu'ils désignèrent.

— Nous serons ici à cinq heures, ajouta Morelli, en serrant la main du docteur. J'apporterai mes épées de combat.

Mauclerc, resté seul, s'enferma chez lui, alluma sa lampe lui-même et se mit à écrire.

Il était de ces hommes que la mort ne surprend pas. Il avait trop souvent lutté contre elle, il lui avait arraché trop de victimes pour lui accorder l'honneur d'un frisson.

La mort! il l'espérait comme l'ouvrier laborieux désire le bon sommeil à la fin de sa journée; il l'attendait avec tranquillité comme le soldat d'avant-poste attend qu'on le relève de faction.

Pour lui, la dame au « sourire sans lèvres » était une amie sûre. Et s'il n'avait point marché à sa rencontre, c'est que, en présence de sa tâche inachevée, il ne s'en croyait pas digne encore.

Non! ce qui torturait Mauclerc en ce moment, ce qui lui faisait marteler son front de ses poings fermés, maintenant qu'il était seul, c'étaient les affres de la vie.

A quelques pas de là, séparée de lui par une mince cloison, la vie, avec ses courtes joies, ses longues souffrances, son idéal souffleté par le réel, ses déceptions poignantes, la vie dormait incarnée dans la femme et personnifiée par Yvonne.

L'affection presque paternelle que Mauclerc éprouvait autrefois pour la fille du comte de Courte-Heuse, avivée par un contact journalier sous le même toit, devait fatalement changer de nature.

La douleur avait imprimé sur la beauté d'Yvonne un caractère de grâce touchante qu'elle ne possédait pas autrefois.

Par degrés, un de ces amours tardifs qui éclosent dans la maturité de l'âge chez les hommes voués de bonne heure au culte exclusif de la science, ou bien à l'accomplissement d'une mission sacrée — un amour de prêtre ou de vieux savant — s'était développé dans le cœur du docteur.

Il eût préféré se laisser tirer à quatre chevaux plutôt que de l'avouer. Pourtant, il sentait le monstre installé dans sa poitrine. Accueilli d'abord sous le faux semblant d'une amitié pure, le traître se démasquait enfin, et criait en lui comme Tartuffe : « La maison est à moi. »

Lorsque attiré par la vue d'Annie assise au bord d'un fossé, Mauclerc s'était, sans méfiance, avancé dans la prairie à la recherche de sa femme, il n'avait fallu rien moins que la vue d'Yvonne en tête à tête avec Delamyre pour qu'il mesurât d'un seul coup la grandeur de son amour à celle de son affliction.

Ainsi, c'était en vain qu'il avait voulu effacer toute trace du passé. Ses efforts pour panser la blessure d'Yvonne expiraient dans l'inanité.

Et cet enfant, qu'il adorait comme un père et comme un aïeul, ce petit Robert qu'il avait adopté avant sa naissance, cet ange blond pour lequel il rêvait de conquérir la gloire et la fortune, on complotait sans doute de le rendre à son père d'aventure ?

Mauclerc arracha sa cravate. Il étouffait.

Dans son esprit s'éveillait une sorte de pitié hautaine pour la faiblesse d'Yvonne.

Avait-il bien le droit de lui en vouloir d'aimer André ? N'éprouvait-il pas par lui-même combien ce sentiment était tyrannique, et comme il se jouait de la volonté des hommes les plus énergiques ?

Et tout à coup, l'idée que lui, Mauclerc, était un obstacle au bonheur de la femme aimée, l'attendrissait jusqu'aux larmes.

— Bah ! mieux valait mourir tout de suite... arrêter les battements de ce vieux cœur ridicule qui avait, sur le tard, des velléités d'inflammation. — Une tombe ! Cela arrangerait tout.

Le petit Robert demanderait de temps en temps ce que serait devenu « bon papa ». Et puis, on n'y penserait plus.

Tôt ou tard, il faudrait bien que les Chambres se décidassent à voter la loi sur le divorce. — Et le drôle aux moustaches noires redeviendrait libre ! Et quelque jour, un billet ainsi conçu serait mis en circulation : « Monsieur André Delamyre a l'honneur de vous faire part de son mariage avec madame veuve Mauclerc... et vous prie d'assister... » Eh bien ! non, morbleu ! cela ne se pouvait pas !

Cela ne serait pas. Il saurait bien l'arracher malgré elle à l'influence de ce bellâtre.

Elle était sa femme, après tout.

Pour lui conserver la considération du monde, ne lui avait-il pas donné son nom comme sauvegarde? Cela lui assurait des droits, peut-être!

Puisqu'elle errait, comme ces filles des légendes bretonnes dont les pieds nus ont foulé l'herbe ensorcelée qui affole les paysannes, c'était à lui, son tuteur naturel, à lui, son meilleur ami, de guider ses pas loin des fondrières.

Et pour cela, il fallait d'abord en finir avec l' « architecte » !

En outre de la haine que lui inspirait leur rivalité présente, Mauclerc n'éprouvait que du mépris pour « cet hurluberlu » tombé de la lune un soir dans le tranquille manoir de Campalley, où il avait apporté l'argot du sport, la mode des vestons collants et les valses de Métra.

Ah! s'il n'était pas venu avec ses cheveux flottants et ses cravates de ténor jeter le désarroi au milieu de cette famille amie, dont le présent et l'avenir semblaient réglés d'avance sur le passé, comme l'invariable refrain d'une honnête chanson de jadis qui revient à chaque couplet, Yvonne aurait sans doute épousé l'un de ses cousins, quelque gentilhomme du voisinage aux goûts simples, et lui, Mauclerc, bon médecin de campagne, aurait bercé leurs enfants sur ses genoux.

Il avait suffi de quelques jours à cet inconnu pour changer le franc rire en imprécations. Il avait mis le ver au cœur du fruit. Il avait noyé toute cette joie dans un océan de tristesse.

Et lorsque l'on consacrait sa vie à relever les ruines semées par cette bourrasque, voilà qu'il reparaissait plus arrogant que jamais, pour achever son œuvre de destruction.

Le docteur mit sa face entre ses mains, et resta longtemps plongé dans ses pensées.

Évidemment, il jugeait un homme et prononçait le verdict en lui-même.

Le visage qu'il releva au bout de cette longue rêverie avait, aux lueurs de sa lampe, la rigidité du bronze.

Sa résolution était prise.

A cet instant, un coup léger fut frappé à la porte de sa chambre.

Il avait formellement défendu qu'on le dérangeât. Qui pouvait enfreindre la consigne? ELLE seule, sans doute...

Il composa son maintien, et d'une voix assurée cria :

— Entrez !

La porte tourna lentement sur ses gonds, Yvonne parut.

A sa vue, le docteur recula de surprise.

La jeune femme était en chapeau, en manteau et gantée comme pour une visite.

— Où allez-vous ainsi, madame ? interrompit sévèrement Mauclerc.

— Je vais me rendre chez M. Delamyre, et j'ai voulu vous parler auparavant.

— Chez votre amant ? Vous ne ferez pas cela. Vous attendrez que je sois à terre avant de me fouler aux pieds de la sorte !

— Il faut que je parte, mon ami. Écoutez-moi.

— On ne raisonne pas avec les folles de la Salpêtrière... Vous êtes irresponsable de vos actions. Vous ne sortirez pas ! Je m'y opposerai par la force, au besoin.

Il bondit vers la porte, donna un tour à la serrure et mit la clé dans sa poche.

Yvonne voulut lui prendre les mains. Il la repoussa violemment.

— Ne refusez pas de m'entendre, je vous en supplie, dit-elle d'une voix haletante. Ce duel impie n'aura pas lieu, dussé-je m'attacher à vos pas, ameuter la ville par mes cris, et me précipiter avec mon fils entre les épées.

— Ah ! vous avez peur que je ne vous le tue ? ricana Mauclerc en lui lançant un regard effrayant.

Yvonne tordit ses mains et courba la tête.

— Achevez-moi, murmura-t-elle dans un râle. Je n'ai pas assez souffert depuis trois jours qu'il m'a retrouvée. . Donnez-moi le coup de grâce ! Ne sentez-vous pas, malheureux, que je vous aime autant que lui ? Je vous suis attachée plus qu'à mon propre père. Le coup qui frapperait l'un de vous traverserait mon cœur avant de l'atteindre. Laissez-moi vous dire... André est à Nice depuis samedi. Il est venu pour les fêtes. Il ignorait ma présence dans cette ville. Il a croisé notre voiture à la promenade... Sur la vie de mon enfant, je vous jure que je ne l'ai vu que pendant un quart d'heure, à l'église... Il m'avait suppliée de lui laisser embrasser son fils, et je n'ai pas eu le courage de lui refuser.

Ici, les sanglots étouffèrent la voix d'Yvonne, Mauclerc la prit dans ses bras.

— Continuez, pauvre enfant, dit-il d'une voix brisée.

Elle ajouta :

— C'est lui-même qui avait fixé le lieu de cette suprême entrevue. Je me suis fait accompagner par Annie pour m'y rendre. Je voulais lui apprendre mon mariage qu'il ignorait, l'exhorter à vivre loin d'ici. Nous avions à peine échangé quelques paroles, quand votre arrivée subite... Vous savez le reste !

— Je crois ce que vous dites, Yvonne. Je suis heureux d'entendre de votre bouche cette explication que je ne vous ai pas demandée. Mais celui auquel vous faites allusion, et dont le nom ne devrait jamais avoir été prononcé entre nous deux, m'a outragé de la façon la plus grave. Il faut fortifier votre cœur dans cette pensée que le combat est inévitable et surtout renoncer à revoir jamais un homme qui, dans l'éclat de sa colère, s'est montré indigne... car il a versé l'injure sur vous comme sur moi-même.

— Non, mon ami, non. Moi vivante, il n'en sera pas ainsi. Si André vous a méconnu, il faut qu'il vous rende justice. Cette explication interrompue par votre apparition, il doit l'entendre tout entière. Je veux vous justifier à ses yeux. Je ne saurais supporter ni son mépris, ni le vôtre.

— Que voulez-vous dire?

— Je vous assure qu'il est noble et bon comme vous-même. Je veux dissiper le malentendu qui vous divise. Quand il saura l'exacte vérité, qu'il connaîtra dans toute sa délicatesse votre sacrifice et votre abnégation, il sera désespéré de sa conduite inqualifiable à votre égard.

— Quoi! oseriez-vous rêver un rapprochement entre lui et moi? demanda le docteur d'une voix mordante.

— Ne raillez pas, mon ami, pour qu'une femme de mon rang s'en aille à minuit par les rues faire une démarche semblable, il faut un concours de circonstances qui ne prêtent pas à rire.

Elle prit sur le secrétaire la carte d'André, la parcourut d'un coup d'œil et ajouta : — M. Delamyre vous doit de solennelles excuses avant son départ. Il vous les fera.

— Et s'il refuse?

— S'il refuse? C'est moi qui, la première, vous mettrai une épée dans la main.

— Yvonne, dit son mari, en s'efforçant de raffermir sa voix, vous êtes une grande enfant, et pas autre chose !... Vous avez arrangé tout cela dans votre tête folle, sans vous préoccuper de ce que pourrait dire le monde si une telle démarche était jamais connue. C'est impossible, vous dis-je. D'abord mon opinion sur le caractère et la grandeur d'âme de M. Delamyre diffère de la vôtre. Je serais presque heureux de vous laisser faire cette tentative *in extremis*, ne fût-ce que pour vous prouver la justesse de mon jugement à son endroit.

Pardonnez-moi une opinion qui peut sembler cruelle pour vous ; mais, en dehors d'une certaine façon de tourmenter les pointes de sa barbe en parlant, et d'une régularité insipide dans l'ensemble de ses traits, je n'ai jamais rien remarqué en lui qui puisse physiquement le signaler à l'attention d'un homme comme moi. Au moral, il a dès longtemps donné la mesure de ce qu'il vaut. C'est d'ailleurs un être pétri d'orgueil et de vanité. Vous en seriez, chère amie, pour vos supplications, si le soin de ma dignité ne me commandait de vous les interdire.

— Que m'importent les commentaires du monde ?

Il y va de la vie de ce que j'aime le plus sur terre : vous et lui. Rien, entendez-vous, ne m'empêchera d'accomplir ma résolution. Donnez-moi un domestique sûr pour escorte, et laissez-moi parler à André. Je me dois à moi-même de lui désiller les yeux... Oh ! ce serait trop horrible !

Pâle, mais résolue, elle lui jeta ses bras au cou, et le regarda bien en face, lui montrant le clair miroir de son âme.

— Vous me traitez toujours comme la petite fille que vous faisiez sauter sur vos genoux, autrefois... Il y a longtemps de cela. Depuis, j'ai assez pleuré pour la vie... Mon ami, votre femme n'a pas à rougir devant son mari. Je vais dire à M. Delamyre de choisir entre mon estime et mon mépris. Attendez-moi. Je serai de retour avant une heure, et je reviendrai digne de vous.

— Va donc ! exclama Mauclerc, qui baisa longuement son front brûlant. Mais souviens-toi, ajouta-t-il, la tutoyant pour la première fois depuis le matin, souviens-toi que je réserve de décider le genre de réparation qui m'est dû. Puisque tu le veux, fais-toi accompagner par le vieil Anselme. A mon tour, je te confie le soin de mon honneur. Va pour l'acquit de ta conscience, va !

Il ouvrit la porte, Yvonne sortit vivement. Resté seul, Mauclerc s'assit devant le secrétaire, et, à tout hasard, il acheva son testament.

XII

Expiation

André, dans l'affaissement voisin de l'insensibilité, s'était jeté tout vêtu sur son lit, quand un coup frappé à sa porte le fit se relever en sursaut.

Il se trouva en présence d'un vieux domestique vêtu d'une livrée sombre, qui, après s'être assuré de son identité, lui remit un billet.

L'architecte le parcourut des yeux. A peine en avait-il reconnu l'écriture qu'il se troubla.

Mais bientôt, surmontant son émotion, il prit un chapeau et donna l'ordre au valet de le précéder près de sa maîtresse.

Au bas des marches il trouva la voiture du docteur. Il fit un geste de surprise.

— Veuillez monter avec moi, je vous prie, lui dit madame Mauclerc d'une voix ferme.

André s'assit machinalement sur les coussins.

— Vous longerez la promenade des Anglais et vous arrêterez près de la plage, cria Yvonne au cocher.

Ce dernier toucha ses bêtes et l'équipage partit au trot.

La colère grise comme l'alcool. La réaction qui suit un violent accès de rage ressemble beaucoup à l'état d'hébétude où l'on se trouve plongé au lendemain d'une orgie.

André se sentait les membres brisés et le cerveau vide.

Ayant pris une attitude passive, il attendait dans le mutisme le plus complet qu'Yvonne rompît le silence.

A les voir ainsi l'un près de l'autre se regarder, un observateur superficiel les eût pris pour deux amoureux en querelle. Mais les frissons qui serpentaient sous la mante de la jeune femme, la pâleur de ses joues, l'éclat maladif de ses yeux étaient des signes évidents qu'un drame intime allait se dénouer entre eux dans quelques instants.

La voiture fit le tour du jardin public, roula jusqu'à mi-voie le long de la promenade déserte et silencieuse, puis elle s'arrêta près d'un escalier à rampe de pierre, dont les marches menaient aux établissements de bains situés sur la plage.

André sortit de voiture. Il offrit sa main à Yvonne pour qu'elle mît pied à terre.

Les deux jeunes gens descendirent les degrés, atteignirent la plage de sable, laissant la calèche en haut du talus. Ils marchèrent à côté l'un de l'autre jusqu'au premier banc qu'ils trouvèrent et s'y assirent.

La lune couvrait d'une immense traînée d'or fondu la surface des flots.

On n'entendait que la respiration rythmique de la mer, dormant son calme sommeil entre les bras fleuris des deux promontoires.

Madame Mauclerc rompit enfin le silence.

— Les circonstances où nous nous trouvons, commença-t-elle à voix basse, vous feront excuser ce que mon billet, remis à pareille heure, avait d'insolite. Je vous remercie d'être venu.

Le jeune homme s'inclina sans répondre.

— J'espère, reprit Yvonne, que l'heure qui va s'écouler ne me réserve pas une surprise plus douloureuse que les malheurs qui ont brisé ma vie pour toujours. Cette surprise serait de m'apercevoir qu'en vous donnant mon amour sans arrière-pensée, comme à un homme d'honneur et un noble cœur, j'ai mal placé mon affection. André, vous avez injurié ce matin un vieillard devant lequel votre devoir serait de courber le front. Je n'ai point gardé le souvenir des insultes proférées par vous contre moi-même...

— Madame, interrompit André d'un ton rauque, oubliez, je vous en supplie, les termes que dans un accès de folie j'ai pu employer à votre égard. Après votre départ, il m'a semblé que je sortais d'un rêve... Je ne sais trop ce que j'ai dit dans mon égarement. J'avais sous les yeux celui dont vous êtes devenue... la femme... par déférence aux ordres de vos parents, sans doute ? Je n'ai pu maîtriser ma colère et mon désappointement...

Yvonne sourit avec amertume.

— Vous n'aviez pas à vous montrer jaloux de mon mari, André. Je suis restée fidèle à votre souvenir, et je n'appartiendrai à nul être au monde après vous. Je suis de celles qui ne se donnent qu'une fois. Le docteur Mauclerc n'a jamais été qu'un père pour moi. Et votre doute à cet égard serait une nouvelle insulte sur mon front.

Le jour où le vieil ami de ma famille m'a offert de devenir sa femme, il venait de m'arracher à la mort, presque malgré moi. J'étais à demi folle. Je

D'un bond de tigre, André s'était jeté sur lui et le frappait à la joue.

lui avouai ma grossesse qui était encore un secret pour tout le monde. Vous ne pouviez réparer le mal dont vous étiez l'auteur. Devant mon épouvante, prévoyant la colère du comte, il m'a simplement et généreusement offert de donner son nom à mon enfant.

Nous nous sommes réfugiés dans cette ville pour éviter le scandale. Ma santé chancelante était un prétexte plausible à ce voyage. Ce fut alors seulement que l'on crut devoir prévenir mon père de la vérité.

Depuis notre mariage, mon mari a péremptoirement refusé de toucher à ma dot. Il m'a toujours traitée avec la délicatesse la plus exquise, ayant pour moi l'affection d'un frère aîné, d'un tuteur et d'un aïeul.

Voilà ce que j'aurais voulu pouvoir vous crier hier, pendant que vous accabliez d'outrages l'homme qui s'est vaillamment offert pour remplir tous vos devoirs à votre place. Celui qui m'a protégée contre le mépris du monde, qui m'a rendu le droit de porter la tête haute et qui a consacré le reste de ses jours au bonheur, à l'avenir de votre enfant !

Elle s'exprimait avec véhémence. André restait atterré.

— Oh ! murmura-t-il au bout d'un instant, comme vous devez me haïr !...

Il mit ses mains devant ses yeux et parla sous le poids de la honte.

— ... Que suis-je venu faire dans votre vie ? Je l'ai traversée comme un fléau. Vous étiez insouciante et joyeuse, avant de me connaître. Il me semble que je vous vois encore, telle que vous m'êtes apparue lors de mon arrivée à Campalley, dans la plaine de Caux, là-bas.... Vous chantiez en ce temps-là. Le sourire ne quittait pas vos lèvres. Il était si beau votre sourire, si plein de soleil et de promesses printanières... C'est ce qui nous a perdus tous deux. Ah ! je suis un misérable !

Son désespoir était sincère. Pour la première fois, peut-être, il jugeait les choses avec l'impartialité d'un tiers. La détente de ses nerfs avait ramené le calme dans son esprit.

— Non, mon ami, je ne vous hais pas. Je vous aime de toute mon âme, car je vous crois bon et généreux. En me rendant chez vous après la scène de ce matin, je tremblais de voir se briser mon idole... J'avais peur de m'être trompée.

Si j'avais découvert en vous un esprit égoïste et sceptique, le reste de ma vie n'aurait été qu'une longue expiation de mon erreur. A force de mépris pour vous et de dévouement pour mon fils, j'aurais peut-être racheté ma faute à mes yeux... Mais à présent, je le sens avec orgueil ; non, je n'ai pas aimé un indigne. Mon instinct ne m'a pas trompée. Vous êtes toujours celui dont le souvenir doit régner sur mon existence.

— Mon Dieu ! dit-il en frémissant, que dois-je faire ?

— Maintenant, vous connaissez l'homme que vous avez offensé. Pensez-vous qu'entre vous deux un combat puisse avoir lieu ?

— Yvonne, qu'allez-vous exiger de moi? râla André, car il fermait les yeux pour ne pas voir la seule solution possible.

— Je viens vous demander, dit-elle d'une voix haletante, de vous montrer simple et grand, pour que je vous aime et vous admire encore davantage. Je viens vous supplier d'accomplir pour moi quelque chose de plus héroïque que de soutenir vingt combats inégaux : braver les préjugés, vaincre votre orgueil, agir en juste...

— Je pressens ce que vous allez dire, s'écria-t-il; c'est impossible !

Puis, la fixant à travers l'obscurité, d'un air hagard :

— Vous voulez des excuses, n'est-ce pas?

— Je veux que vous reconnaissiez votre erreur et la vérité. Voilà tout.

— Des excuses, des excuses publiques au moment de se battre? Jamais ! J'aime mieux me laisser tuer. Peut-être sera-t-il plus heureux que le comte votre père... Jamais, vous dis-je !

— André, André, tu feras cela. Tu le feras parce que l'honneur l'exige... non pas celui de Mauclerc, que ton soufflet a laissé intact, mais le tien !

Le jeune homme passa ses mains sur son front moite, d'un air égaré.

Un duel aussi terrible que celui du lendemain se livrait en lui. Il murmura d'une voix à peine intelligible :

— Yvonne, rentrez chez vous. Cette conversation ne peut se prolonger davantage. Je sens que je deviens fou.

Elle voulait parler encore et le regardait d'un air suppliant. Il détourna les yeux.

— Je... ne sais ce que je ferai. Vous me demandez là plus que ma vie. J'ai jusqu'au matin pour y réfléchir. Laissez-moi me consulter... Il faut que je sois seul.

— Adieu donc, dit-elle avec solennité. Je vous ai dit ce qu'il fallait que vous sachiez. Que mon mari meure ou qu'il vive, son sort est enviable. Le vôtre seul est à plaindre. Adieu, je vais prier.

Elle se dirigea vers l'escalier, qu'elle commença de gravir lentement.

En haut, les chevaux impatients grattaient le sable du sabot. Sur son siège, le cocher, immobile comme un sphinx, attendait.

Au-dessus, le ciel semblait une coupole de lapis-lazuli incrustée de brillants.

Yvonne avait monté quelques marches, quand il lui sembla qu'André la rappelait.

Elle s'arrêta.

Son nom retentit de nouveau derrière elle, prononcé d'une voix si brisée, qu'on ne savait si c'était la plainte du vent.

La jeune femme se retourna.

André était resté debout près du banc sur lequel ils s'étaient assis tout à l'heure.

Il fit quelques pas vers madame Mauclerc.

— Yvonne, dit-il, en vous quittant, je vous le demande en grâce, quand vous serez rentrée, embrassez notre enfant... pour moi, pour moi seul. Entendez-vous ?

— Ah ! s'écria-t-elle d'une voix où montait un sanglot, vous me rendez l'espoir !

Il ne répondit rien et disparut dans l'ombre du talus.

Yvonne retourna vers la voiture. Le vieil Anselme était à son poste. Il ouvrit la portière.

— Chez moi ! dit Yvonne au cocher, qui brûla le pavé, comme s'il eût couru un match à Rotten-Row.

. . . .

L'aube clairette luisait déjà.

Des vapeurs rosâtres se traînaient au-dessus des collines boisées. Le fond du vallon qui se creuse derrière les terrains où s'élève aujourd'hui le palais de l'Exposition, lieu désert s'il en fut jamais, restait plongé dans une demi-obscurité.

Là, des oliviers centenaires, au feuillage poussiéreux, dressent de tous côtés leurs troncs énormes.

C'est un endroit très apprécié des décavés de Monte-Carlo, qui peuvent s'y pendre à loisir, sans crainte d'être dérangés dans cette suprême besogne.

Donc, au petit jour, un groupe sombre où l'on distinguait deux officiers en petite tenue, s'avançait à travers la futaie vers une étroite clairière, au-devant d'un autre groupe arrivé depuis quelques minutes à peine.

Les épées à lame triangulaire, à coquille ronde, attendaient, couchées à terre, dans leur enveloppe de serge.

On se salua de part et d'autre.

Au moment où les quatre témoins, s'étant rejoints, allaient choisir un emplacement convenable, Delamyre, hâve et défait comme un trépassé, fit signe qu'il voulait parler.

Tous s'arrêtèrent avec surprise.

— Messieurs, dit l'architecte en s'adressant aux seconds de son adversaire, veuillez, s'il vous plaît, prier le docteur Mauclerc de s'approcher. Avant d'aller plus loin, j'ai une déclaration solennelle à faire en sa présence.

Les témoins s'entre-regardèrent étonnés.

Le colonel Morelli alla chercher son vieil ami, qui se tenait à l'écart, et le ramena avec lui.

— Messieurs, prononça Delamyre au milieu d'un silence glacial, j'ai, hier matin, sous l'influence de préventions injustifiables, provoqué, insulté M. Mauclerc. Depuis, je me suis vu forcé par l'évidence de constater l'erreur dans laquelle j'étais tombé à son sujet. Je dois dire, avec tous ceux qui le connaissent, que je le tiens pour un parfait galant homme, dont le caractère est au-dessus de toute atteinte. Quelque mortifiant que puisse être pour moi l'aveu de mes torts, le plus strict devoir me commande de le prier d'oublier les paroles injurieuses prononcées par moi, et de lui en offrir toutes mes excuses.

Un incident aussi rare dans les affaires de ce genre fut très diversement accueilli par les assistants.

Les deux jeunes officiers que Delamyre avait dérangés pour les faire assister à « des agapes », le prirent sur un ton persifleur.

Ils s'éloignèrent instinctivement d'André, qui souffrait toutes les angoisses du Golgotha.

Mauclerc les toisa de pied en cap, fit deux pas vers André, et lui répondit d'une voix profondément émue :

— Monsieur Delamyre, si grave qu'ait été votre offense, l'effort surhumain que vous avez dû faire pour m'offrir des excuses publiques — effort, ajouta-t-il d'une voix vibrante, que tout homme de cœur appréciera comme moi — est une expiation trop cruelle pour que j'exige une autre réparation. J'accepte donc l'aveu de l'erreur qui vous a poussé à méconnaître mon caractère. Vous aviez déjà, en plus d'une rencontre, donné assez de preuves de votre courage. Je tiens celle à laquelle j'ai l'honneur d'assister aujourd'hui comme la plus éclatante de toutes.

Il lui tendit une main dans laquelle André mit la sienne d'un geste machinal.

— Puisque ces messieurs se réconcilient, dit l'un des deux jeunes officiers, nous n'avons plus rien à faire ici.

Ils saluèrent froidement et s'éloignèrent bras dessus, bras dessous, riant et causant ensemble.

L'artiste Rabutin avait ramassé les épées vierges.

Le vieux colonel Morelli mâchonnait sa moustache blanche tout en redescendant vers sa voiture avec le docteur.

André marchait à quelques pas. Il essuyait ses tempes baignées d'une sueur froide.

— Parbleu ! monsieur, s'écria le colonel avec brusquerie, je vous demande, moi aussi, la permission de vous serrer la main. J'ai fait la campagne de Crimée, et je me pique d'être chatouilleux sur le point d'honneur, autant que les petits jeunes gens qui sortent frais émoulus de Saumur. Mauclerc est mon ami d'enfance; il n'a guère de secrets pour moi. J'ai eu l'honneur de signer comme témoin à son mariage... Eh bien ! il faut que je vous le dise comme je le pense, vous venez de faire une bonne action.

Ils arrivèrent à la route. Le moment était venu de se séparer.

— Docteur, dit André à son adversaire, en lui jetant un regard qui soulignait chacune de ses paroles, veuillez présenter mes hommages à madame Mauclerc et lui faire mes adieux. Je partirai dans une heure pour un long, un très long voyage; je vous prie de me recommander à son souvenir.

— Adieu, monsieur, répondit Mauclerc avec émotion. Je vous souhaite du fond du cœur tout le bonheur que vous méritez.

Les deux voitures s'éloignèrent dans des directions opposées.

Le docteur reconduisit ses témoins, dont le domicile était situé sur le chemin de sa villa. Il rentra chez lui.

Yvonne était à sa fenêtre, interrogeant anxieusement l'horizon, comme lady Marlborough du haut de sa tour.

Du plus loin qu'elle le vit venir, le cœur lui bondit. Elle descendit précipitamment au jardin.

La voiture, décrivant un demi-cercle, s'arrêtait au pied du perron. Mauclerc mit précipitamment pied à terre. Yvonne était dans ses bras. Ses yeux, fixés sur ceux de son mari, demandaient dans une muette prière :

— Et Lui?...

Le docteur, pressant ses mains sur son cœur, la reconduisit dans sa chambre, où le petit Robert dormait sous des rideaux de mousseline rose.

Quand ils furent seuls, loin de tous regards :

— Eh bien? demanda Yvonne haletante.

— Eh bien, fit Mauclerc, qui était pensif, je suis heureux, ma chère enfant, de reconnaître que M. Delamyre s'est conduit en homme d'honneur dans cette circonstance. Il m'a fait des excuses, et le combat n'a pas eu lieu.

Un fugitif rayon de béatitude éclaira les traits d'Yvonne.

— Je dois ajouter, continua Mauclerc, que sa première impression sur moi a été très modifiée par son attitude et son langage, ce matin. Je lui crois de l'intelligence et du cœur. Il m'a chargé de ses adieux pour vous. Il doit quitter Nice aujourd'hui même.

Sans répondre un seul mot, la pauvre mère s'était précipitée à genoux près du berceau de son enfant, qu'elle couvrait de baisers et de larmes.

ÉPILOGUE

Si tout ceci n'était qu'un conte fait à plaisir, l'heure aurait sonné de chercher un dénouement en rapport avec les goûts de la nouvelle école et les aspirations de la majorité du public. Car, à cette bizarre époque que nous traversons — en nous troussant bien haut pour éviter la boue — l'idéal semble avoir changé de pôle; nous le placions au-dessus de nous, autrefois; il est maintenant sous nos pieds.

Pour peu que les personnages d'une nouvelle se donnent des airs d'agir autrement que des petits bourgeois hideux de platitude et d'égoïsme, ou des pensionnaires du docteur Charcot, on crie à la pose, à l'invraisemblance, au romantisme. Donc, si je voulais m'écarter de cette vérité (que, jusqu'ici, j'ai, pas à pas, scrupuleusement suivie), pour sacrifier au goût de l'heure présente, le moment serait venu de m'attarder à *analyser* le train-train de l'existence en commun de Mauclerc et de sa femme; de décrire avec une patiente minutie les aveulissements de la vie en ménage, les compromissions graduées qu'elle entraîne et les impérieuses exigences de la puberté; de décrire le lent investissement que les prévenances et l'affection du docteur devraient faire à la longue, de cette place inexpugnable sur laquelle ont flotté trop longtemps les couleurs d'André. — Tandis que le souvenir de ce dernier, devenant de plus en plus vague, commencerait à s'effacer dans la brume. Car les absents n'ont-ils pas tort? La première condition, pour triompher des femmes, n'est-elle pas d'*être là*, près d'elles? Si bien qu'un beau soir, ayant guetté le moment psychologique avec l'art d'un spécialiste, l'ardeur d'un amoureux et la patience d'un homme mûr, Mauclerc deviendrait vraiment le mari de sa femme,

(LIV. 15)

Lorsque, de nuance ou demi-teinte et de fil en aiguille, j'aurais amené et décrit cet admirable résultat, il me resterait à dépeindre mon pâle héros pendant et après sa convalescence morale jusqu'à la guérison définitive, puis à le confronter une dernière fois avec l'objet vieilli de sa belle passion, au milieu d'une famille accrue. Je le décrirais alors raillant en lui-même ses extases de jadis, tandis que le rêve flagellé s'enfuirait éperdu.

L'ami Castillac serait chargé de jeter quelques pincées de sel attique sur la tombe de cet amour défunt et prononcerait le *Requiescat in pace* final.

Ainsi agirais-je, si j'avais à cœur d'être bien moderne et d'obtenir l'approbation du plus grand nombre. Car la bourgeoisie régnante est, dans ses préférences, aussi absolue que les rois qu'elle a détrônés. Après avoir blagué comme il convenait Louis le Grand sur sa manie de ne demander à ses peintres et à ses sculpteurs que la reproduction de ses augustes traits en héros, en empereur romain, voire en Apollon, elle tombe dans un travers semblable — et ne sachant rien d'aussi beau qu'elle-même, ne se délecte qu'à la représentation photographique de ses petits vices.

Heureusement ou malheureusement, au choix, il arrive parfois que les caractères de nos contemporains dépassent en élévation la moyenne de ceux qui s'agitent dans la vie fictive des livres. Tel fut le cas pour Yvonne Mauclerc et pour André Delamyre, ainsi qu'il appert de la fin de cette narration simple et vraie comme le grand amour qui en est le sujet.

C'était l'heure de la sieste. La villa semblait plongée dans une chaude torpeur. Pas un souffle n'agitait les plis des rideaux. Les fenêtres, grandes ouvertes pour laisser pénétrer un peu de fraîcheur, semblaient les yeux sans regards d'un logis abandonné. Le sable des allées et le granit du perron avaient, sous le soleil, un éclat insupportable. Si grand était le silence, qu'un bourdonnement d'abeille devenait un bruit notable, couvert seulement de temps en temps par les grognements du chien Toby, que des mouches troublaient dans son assoupissement.

Au fond du jardin, à l'endroit où l'ombre était la plus épaisse, Yvonne, vêtue d'un peignoir de dentelle, rêvait à demi couchée dans une de ces chaises-berceuses inventées par les Américains — peuple de sybarites — pour y dorloter le nonchaloir de leurs femmes.

A sa vue, le docteur recula de surprise.

Je ne sais si le premier qui façonna un siége de ce genre avait prévu ce détail, mais le diable lui-même n'aurait pu rien inventer qui disposât davantage le corps à la paresse et l'esprit aux rêveries langoureuses.

La « rocking chair », dans le demi-renversement de la femme, soulève le bas du peignoir, qui s'ouvre comme l'enveloppe dentelée d'un bouquet pour laisser entrevoir la fine attache des jambes, les chevilles et le pied pervers.

Yvonne, lisant sous ce berceau sombre, n'avait à charmer que les vieux sycomores. — Elle les aimait tant qu'ils devaient bien le lui rendre.

Un gourmand rayon de soleil glissant parmi les larges feuilles, lutinait sa nuque et baisait ses cheveux. Elle, les yeux mi-clos, songeait, un livre sur ses genoux. L'âme éparse des lis l'environnait et la pénétrait.

Un an s'était écoulé depuis le départ d'André. La jeune femme, confinée entre les quatre murs de ce jardin, avait vécu absorbée par une pensée unique. Elle était blanche comme une ostie. Son col, autrefois rond et robuste dans sa grâce, avait maigri. Il semblait trop frêle pour supporter le poids de la tête. L'éclat des yeux avait pâli. Le halo bleuâtre qui les entourait, s'étendait jusqu'aux pommettes. Les vieux missels ont de ces images dont les figures sont nimbées d'or.

Un bruit de pas vint réveiller les échos de ce château dormant. La vaillante face de Maulevre parut sur le perron. Il était vêtu en jardinier : veste blanche et chapeau de paille. Le docteur s'avança vivement vers sa femme et lui dit d'un ton joyeux :

— Ma chérie, veux-tu un spectacle plus beau que tous les tableaux du Louvre ? Viens contempler Robert au repos. C'est une scène inoubliable pour une maman comme toi. Il s'est assoupi dans la salle à manger au milieu d'un désordre admirable. Quel dommage que Rabutin ne soit pas ici pour en prendre le croquis !

Yvonne sourit. La vue de son fils était la seule chose qui pût la tirer de sa morne indifférence.

Elle prit le bras de son mari, et tous deux, après avoir monté les marches, s'arrêtèrent à l'entrée de la salle à manger.

Le soleil ruisselait à flots par les deux hautes fenêtres, et tombait d'aplomb sur les cristaux et l'argenterie d'une table d'où les restes du déjeuner n'avaient pas encore été enlevés.

Vautré sur le dos, parmi les amples plis d'un tapis de Turquie, master Robert ronflait à poings fermés dans la sérénité de sa puissance.

Ses sourcils un peu froncés donnaient à son joli visage une expression de volonté tyrannique qui rappelait étonnamment la physionomie d'André — car il ressemblait de toutes ses forces à son vrai père, ce qui est la coutume des enfants illégitimes.

— Regarde, disait Mauclerc, moitié riant, moitié rêveur. Voici l'antre du roi de la création ! — Si j'en juge par ces pantins désarticulés qu'il a semés à terre, en de si piteuses attitudes, il ne fera pas bon lui rompre en visière, quand il aura barbe au menton. Et si je m'en rapporte à cette lamentable poupée qui gît là-bas, les jambes ouvertes, montrant un hiatus par où s'échappe le son dont elle est rembourrée, voilà un gaillard qui fera bien des victimes... Est-ce ainsi qu'il les saccagera, les pauvrettes? Vois donc, Yvonne, comme il est joli ! Quels beaux cheveux, quelles larges épaules... Eh ! mais, je crois que le petit diablotin a déchiré mon journal...

Mauclerc, se baissant, ramassa un numéro du *Figaro* que l'enfant, dans ses jeux, avait lacéré, tandis qu'Yvonne sonnait un domestique pour qu'il transportât maître Robert à la nursery.

Un lambeau de la bande adhérait encore au journal. Elle était timbrée de Rouen, et portait ces mots : « Madame Mauclerc, villa des Primevères, à Nice. »

— Ce journal est pour toi, dit le docteur à sa femme. L'as-tu parcouru ?

— Madame l'avait laissé sur le plateau sans l'ouvrir, dit le domestique qui entrait. *Monsieur* Robert a monté sur une chaise, pour le prendre, malgré ma défense. Il s'est amusé avec ce journal toute la matinée.

— Il me semble reconnaître cette écriture, remarqua Mauclerc, montrant l'adresse à Yvonne.

— En effet, c'est celle de « miss ».

« Miss » était l'appellation sous laquelle la jeune femme avait l'habitude de désigner autrefois Ellen Arrow, la gouvernante anglaise du château de Campalley.

— Mais elle a quitté le château il y a plusieurs années. Je croyais ses relations avec toi et ta famille rompues depuis ce temps? demanda le docteur.

— Assurément, mon ami. Que peut-elle avoir à me dire? fit pensivement Yvonne. Après tout, ce n'est peut-être qu'une similitude d'écriture. Nous nous trompons, sans doute.

— Donne-moi ce journal, dit Mauclerc, qu'une inquiétude vague envahissait.

— Attends, répondit Yvonne, il y a un passage marqué de rouge.

A peine la jeune femme avait-elle parcouru les premières lignes qu'elle jeta un cri de détresse.

Mauclerc effrayé la reçut dans ses bras.

Aidé du domestique, il l'emporta dans sa chambre.

L'exclamation désespérée de sa fille avait attiré la comtesse et l'abbé, qui s'empressèrent autour d'elle.

Pendant ce temps, le docteur était redescendu dans la salle à manger. Il avait ramassé avec soin les feuilles du terrible journal, et lisait l'entrefilet suivant, encadré d'un trait couleur de sang :

« *Agence Reuter.*

» Des avis reçus ces jours-ci à Londres par l'agence Reuter, et confirmés » depuis par l'agence Havas, nous apportent de mauvaises nouvelles de » l'expédition du Congo. Les compagnons de M. Savorgnan de Brazza sont » décimés par les fièvres paludéennes.

» Plusieurs Européens ont succombé. Parmi ces derniers, nous avons le » regret de trouver le nom d'un artiste de grand avenir, M. André Delamyre, » architecte français, élève de M. Viollet-le-Duc. Tout le monde se souvient » du remarquable ouvrage publié par lui, il y a deux ans, sur la *Florence* » *des Médicis.* Sa mort est une véritable perte pour l'art et causera » d'universels regrets dans la société parisienne.

» Les restes de M. Delamyre seront ramenés en France, à la demande de » sa famille. »

— Ah! s'écria Mauclerc, en froissant le journal avec rage. Lâche égoïste que je suis! C'est moi qui l'ai tuée!...

Quand il reparut dans la porte, à voir le bouleversement de ses traits, madame de Courte-Heuse comprit qu'une heure solennelle était venue.

— Dois-je écrire au comte? demanda-t-elle toute tremblante.

Le docteur fit de la tête un signe affirmatif.

— Dites-lui qu'il vienne, et qu'il se hâte, ajouta-t-il.

— La science ne peut donc pas enrayer les progrès de cette maladie de cœur qui nous la prend lentement? questionna l'abbé.

Mauclerc eut un geste désespéré.

— Peut-être! répondit-il.

Veilleur et gardien de cette âme malade, il ne quitta point le chevet de la jeune femme, dont les cheveux blanchirent dans l'espace d'une nuit.

Cependant cette crise si terrible ne put lui arracher l'âme du corps. Une expression de repos, pareille à celle que l'on admire sur les figures ornant les

Mauclerc effrayé la reçut dans ses bras.

anciennes pierres tombales, fixa ses beaux traits immuablement. Depuis ce jour-là, ses yeux voilés semblent regarder *plus loin que la terre,* et ses lèvres ne peuvent plus sourire.

Celui qui, comme moi, a rencontré madame Mauclerc au bras du docteur, surveillant avec attendrissement les jeux bruyants de son fils, doit en emporter un souvenir inoubliable. Il sera désormais hanté par l'image de cette pâle jeune femme en robe de deuil, dans le cœur de laquelle expirent les derniers accents de ce drame intime, et dont l'impassible dignité semble jeter aux regards interrogateurs de son entourage la hautaine réponse de Hamlet mourant : *The rest is silence !*

Un autre cœur saignait.

Miss Ellen Arrow se commanda une toilette de deuil chez le bon faiseur.

Durant plusieurs semaines, elle parut en pilité enveloppée de voiles noirs d'une diaphanéité vaporeuse.

Puis, remarquant que les cheveux roux forment un contraste artistique avec des vêtements sombres, elle fit teindre son admirable chevelure de couleur amadou.

Ce qui lui attira les attentions d'un jeune clergyman et d'un professeur de botanique, avec lesquels, toujours fleuretant, elle ébaucha d'autres amours… ces belles amusettes de la vie !

FIN